文化广西

文学

广西民间文学

李慧　李斯颖　著

广西教育出版社

图书在版编目（CIP）数据

广西民间文学 / 李慧，李斯颖著. —南宁：广西教育出版社，2021.6
（文化广西）
ISBN 978-7-5435-8951-3

Ⅰ.①广… Ⅱ.①李…②李… Ⅲ.①民间文学—文学研究—广西 Ⅳ.① I207.7

中国版本图书馆 CIP 数据核字（2021）第 080569 号

出 版 人	石立民	责任编辑	张星华	黄　璐
出版统筹	郭玉婷	特约编辑	韦纳斯	
设计统筹	姚明聚	责任校对	杨红斌	何　云
印制统筹	罗梦来	美术编辑	李浩丽	
		责任印制	蒋　媛	
		书籍设计	姚明聚	徐俊霞　刘瑞锋
			唐　峰	魏立轩

出　版　广西教育出版社
　　　　　广西南宁市鲤湾路 8 号　邮政编码　530022
发行电话　0771-5865797
印　装　广西广大印务有限责任公司
开　本　1230 mm×880 mm　1/32
印　张　6.5
字　数　100 千字
版　次　2021 年 6 月第 1 版　　2021 年 6 月第 1 次印刷
书　号　ISBN 978-7-5435-8951-3
定　价　28.00 元

如发现印装质量问题，影响阅读，请与出版社发行部门联系调换。

前　言

◆

　　广西是多民族聚居区，民间文学资源极为丰富。古老的神话、宏大的史诗、奇幻的传说、动人的歌谣，充分展现了广西各民族丰富多彩的历史文化，蕴藏着八桂儿女独特的审美情趣，形成了别具一格的民间文学艺术传统。

　　广西的民间文学体裁多样，包括神话、史诗、传说、故事、民间歌谣等；题材广泛，既有反映宇宙和万物起源的创世史诗，也有以劳动人民生产、生活为题材的民间故事，还有历朝历代的人物传说以及地方风物传说。广西民间文学的内容涉及政治、经济、自然、生活等方面，几乎应有尽有，无所不包，堪称广西民间社会的百科全书，是珍贵的文化瑰宝。

　　广西民间文学由集体创作，以集体方式流传，具有广泛的群众性。由于历史上广西各少数民族大多没有自己的民族文字，因此民间文学作品多以口耳相传的方式广泛流传。千百年来，民间文学陶冶了一代又一代广西人的心灵，直到今天，唱山歌、讲故事仍是广西人民非常重要的娱乐方式。

　　广西民间文学亦是多民族文化和谐发展的结晶。历史上，广

西各族人民处于大杂居、小聚居的居住状况，交往、交流频繁，因此广西各民族形成了生产生活互助、文化艺术共享的大好局面。许多民族的神话传说、民间故事的类型、母题相同，情节、内容相似，呈现出"你中有我、我中有你"的混融形态。如在关于水稻起源的故事中，壮族、仡佬族都有类似"狗取稻种"的神话传说。不仅如此，许多少数民族的民间传说深受汉族戏曲故事、佛教文化、道教文化的影响，同时又汲取了其他少数民族民间文学作品的营养。如壮族、侗族、苗族、瑶族等不少民族都有把盘古视为开天辟地最初神祇的神话与史诗；壮族、侗族等大多数少数民族的文学作品中也出现了源自汉族题材的叙事长诗，如《梁山伯与祝英台》《董永》《朱买臣》等，这些无不体现了广西文学作品中的民族文化交汇与融合。

广西地处亚热带，四季温暖，雨量充沛，水稻栽培史丰富而悠久。近年来，不论是水稻基因组研究，还是考古发掘，都证明了广西是人类栽培稻的发源地之一。可以说，在数千年前，广西先民就已经过上了"饭稻羹鱼"的农耕生活，逐渐形成了在传统生产技术、节日庆典活动、饮食文化等方面独具广西地方特色的稻作文化。广西民间文学的形成与发展，也深受稻作文化的影响。例如广西民间流传的神话故事，常常包含远古先民在稻田耕作、生产生活中获得的知识和经验。壮族的民间宗教经籍《麽经布洛陀》就记载了远古时期稻种起源的神话。不仅如此，早在六千多年前，广西先民就已经懂得运用大石铲等工具对稻田耕地进行翻土、挖沟、起畦。千百年来，广西人民总结出从良种培育、播种移栽、田间管理、收割贮存到精细加工的一整套传统水稻种植技术。在这种长期的水稻耕作实践中，广西人民不仅积累了丰富的生产经验，也创作了大量反映生产生活的谚语、民谣。如："早晨雾盖地，阳骄好晒田"教人们要顺应天时来安排农事活动；"早稻熟七成开镰，晚稻熟十成收割"讲的则是稻谷收割的时机。这些民间农业谚语简练而生动，形象地总结了劳动人民的生产经验、生活智慧。广西民间盛行的许多祭祀和庆典活动亦与稻作文化密不可分，如为祈求风调雨顺、五谷丰登而在开春举行的"祭蛙婆"仪式，为预祝丰收而在插秧时节举行的对山歌活动。在延续这些祭祀、庆典以及娱乐活动的同时，广西民间的长诗、歌谣、戏剧等文学艺术至今也沿袭不衰、广为流传，拥有强大的生命力。

千百年来，广西各族人民顺应自然的节奏默默耕耘、辛勤劳作，在生产生活中交往交流、融合互通，他们的生存智慧、历史文化以民间口头文学的方式传承，他们的生命激情亦在民间文学的典籍中得以张扬。

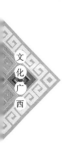

目　录

追溯亘古的记忆：
神话与史诗

　　神话与史诗是人类社会最早产生的民间文学文类，它们犹如耀眼的双星，在广西各民族先民艺术与想象的世界里大放异彩。神话是人类童年的梦，是人类思想的武库，蕴藏着丰富的信息。八桂各民族的神话与史诗虽然有各自的民族特色，但总体上是本民族先民早期的思想结晶，反映了他们对世界、宇宙的思考、阐释与探索，并表达了他们自身的价值观念，故而得以传承至今。

八桂神话与史诗概貌

　　八桂各民族的神话与史诗在内容上有所重合，但表现形式上差异较大。从内容来看，神话与史诗以上古的神祇为主要叙述对象，讲述宇宙的创造与万事万物的出现，解释文化的起源，描绘人类社会的形成与规则的确立。一言以蔽之，它们反映了八桂先民的宇宙观与世界观，反映了他们理解世界的方式，并成为他们与自然、万物相处的重要准则。

　　从形式上来看，神话的叙述以个体为主，对于讲述者、讲述环境的要求不高。一般来说，只要了解神话的民众，都可以在日常生活的场合中向他人讲述。相较之下，史诗的讲述则有较为严格的限制。有的史诗要由特定的叙事者来完成，比如各类民间神职人员。有的史诗只有在特定的场合下才能讲述，比如在春节、三月三祭祖及婚丧嫁娶等相关的节庆与仪式中。

　　神话与史诗的内容大致可分成三大类，第一类是以讲述创世故事为主的神话与史诗，第二类是以讲述英雄事迹为主的神话与史诗，第三类是关于迁徙、节庆的起源等的神话与史诗。历史上，八桂各民族的神话与史诗既出现了互通有无、相互借鉴与融合的

　百色市田阳区敢壮山下的壮族布洛陀人文遗址

情形，具有了地域的特征，又在不同程度上延续了本民族文化特色与底蕴，这使八桂各民族的神话与史诗艺术之园五彩斑斓、丰富绚丽。

创世神话与史诗：探寻浩瀚的世界

广西各民族先民的创世神话与史诗，核心内容是"创世"。早期人类对世界的形成与万物的出现有着强烈的探知欲望，希望能够解释身处的这个世界的起源，并以此回答"我是谁""我从哪里来"的终极哲学问题。这使得他们在民间信仰的基础上，通过观察与思考形成了群体内部较为一致的创世神话与史诗体系，并使这些叙述服务于日常的生产生活，通过它们维系社会的正常运转，凝聚人心与实现内部认同。八桂先民的创世神话与史诗内容主要包括世界的起源、人类及其社会的起源、动植物的起源、文化的起源等。

广西是典型的喀斯特地貌，山林青翠，绿水长流，溶洞神秘十足，雾霭山岚常起，怪石嶙峋诡谲。在此种特殊的地理环境中，大多数民族都会把世界的出现与水雾、石头等结合起来。同时，神祇与祖先的开天辟地，也对世界的出现起到了一定作用。这些神祇与祖先既包括多民族在道教文化浸润下共同信仰的盘古、玉皇大帝、太上老君等，也包括单一民族的信仰对象，如壮族的布洛陀和姆洛甲、瑶族的密洛陀、苗族的纳罗引勾、侗族的萨天巴、

毛南族的昆屯、水族的牙巫和拱陆铎、仡佬族的布什格和布比密、彝族的归伟等。

壮族、侗族、汉族、苗族、瑶族等不少民族都有把盘古视为开天辟地最初神祇的神话与史诗。例如，靖西、德保、柳江、隆安、凤山等地的壮族神话中都有盘古开天辟地之说。钟山的壮族神话说，盘古的头发化为草木，眼睛化为太阳和月亮，五脏六腑化为天地万物。布洛陀史诗则说，盘古是布洛陀派到地面来创世的："那时未有人，地和天相合，未懂黑与夜，未懂高与低，未曾造出地，未曾造日月，公（布洛陀——笔者注）在上看见，仙在上做主，传下印来分，派来盘古王，天就开两半，天就变两方，成路给他下，变路给他来，盘古来造地，盘古先造地，盘古造石头，造出月亮和太阳，盘古样样造，盘古真能干……"侗族的古歌中有唱："太初混沌无光明，世界朦胧黑一团。"世界漆黑一团，像个鸡蛋，不分天和地。混沌孕育了盘古，盘古一出世就"挥动大斧劈天地，劈得天地两相分；青天薄薄腾空去，留层厚土垫脚跟"。

在仫佬族的神话《天是怎么升起来的》中，天地分离的原因与玉皇大帝相关。神话里说，世上原来天地重叠，天地互通。玉皇大帝嫌弃地上的人吃得多拉得多，臭气传到天上，就把天升高了。

河池一带的壮族人认为世界上原先什么也没有，后来，一团大气旋转起来，形成了一个"三黄蛋"，"三黄蛋"被螟蛉钻出一个洞，就爆裂成三片，一片飞到上边成为天空，一片下沉成为水，留在中间的一片，就成了我们的大地。而巴马一带的壮族人则认

虔诚朝拜布洛陀

为原来天地如磐石相叠加，后来一声霹雳，磐石分成了两片，一片上升变成了天，雷公住在上面，一片下降变成地。在壮族的布洛陀史诗里，也有类似的叙述，说古时候，"天未制什么，地未造什么，天未制棵樟树，地未造棵榕树，口门大未光亮，铜钱王未造，金银宝贝未制，神四方未开，未造黑夜（未）造晚上……""天和地相罩，相罩像磐石，像块大磐石，像块高磐石，石头从前翻，人从前会变，石头就变成两块，石头就分成两边，一片升去上方，造成天装雷，一片降下方，成大地装人……"

壮族布洛陀史诗中还常见"三界三王制，四界四王造"的句子，天界雷公为王，地上布洛陀为王，水界图额为王，第四界以

老虎或姆洛甲为王，他们同时也是这三（四）界的制造者。

流传在广西西林县一带的壮族神话则说是布洛陀分离的天地。古时候，天地叠在一起。布洛陀开天，布洛陀造地。他先造出一杆秤，用来称天和地。称天天轻，就放得高，称地地重，就放得低。从此，天和地才上下分离，中间则出现了人类生活的世界。

毛南族神话中有"宇宙像个鸡蛋"的说法。有的神话则说创世皇昆屯开辟天地，以宇宙之上为天，中为地，最下是地下。在毛南族创世史诗中，第一代创世皇就叫作"昆屯"："昆屯初开天，尚无人间，昆屯下地来，开辟世间变。"在仡佬族的神话里，天下曾一片漆黑，后来，先祖布什格制天，布比密造地。

侗族史诗《嘎茫莽道时嘉》的描述更为奇特，说世界混沌一片，天地则是萨天巴生出来的。水族的史诗《开天地造人烟》也描绘了世界形成之前的昏暗状态："天连地，不分昼夜；地靠天，连成一片。哪个来，把天掰开？哪个来，撑天才得？牙巫来，把天掰开，牙巫来，把天撑住。她一拉，分成两半，左成天，右成地。"

融水一带的苗族人认为天地是纳罗引勾开辟的结果。神话里说，远古时候，天地像一块糍粑，世间不分白昼黑夜，道不清今夕何年。纳罗引勾是个力气很大的巨人，有两个粗壮的臂膀和八节大柱脚。他用手掌做刀，用结实的手臂做刀柄，把天地分成了两半。纳罗引勾又用手撑高天，用脚踩地，用自己的四节脚撑住天的四个角落，使天地得以形成。

聚居在桂西北都安、大化、巴马三个瑶族自治县的布努瑶把世界的出现视为始祖母密洛陀的功绩。大化县的瑶族神话中说，古时候，天地只有阳风、阴风相刮，天气地气卷成团。密洛陀在天地间的一面铜鼓里睡了九千九百年，直到被龙凤叫醒。密洛陀走到天地间的裂缝边缘，用手顶起了天，用脚踏出了大地。桂西的彝族神话也说世界由一团雾气而起源。

人类是世间的智慧生物，人的起源在八桂各民族神话与史诗中更是浓墨重彩的内容。壮族神话与史诗中有姆洛甲独自生人与造人、布洛陀与姆洛甲婚配生人、布洛陀和姆洛甲让兄妹婚配生人等说法。如流传在大化一带的壮族神话说，姆洛甲从天地间的一朵花中生长出来，她浑身带毛，披头散发，却很聪明。姆洛甲看到世间空旷，就想造人。她用自己的尿混合了泥土，照着自己的样子捏出很多小泥人。经过49天，这些泥人就有了生命，活蹦乱跳起来。姆洛甲又用阳桃和辣椒给人类分男女，从此人类就有了两种性别。流传在西林一带的壮族神话《巨人夫妻》则说，姆洛甲和布洛陀都是世间的巨人，他们比武之后互相倾慕，结为夫妻，生了九个儿子。布洛陀史诗里说，造人有过三次历程。首先是天王氏造出人，但这些人残缺不全；其次是伏羲王造了稻草人，稻草人变成了正常的人；最后是洪水过后，伏羲兄妹生育了一块磨刀石一样的肉团。他们请教布洛陀和姆洛甲，才知道要把肉团砍碎撒播各处，这便形成了天下的人。

侗族史诗《嘎茫莽道时嘉》说，萨天巴用白泥捏人不成，把四个肉痣交给萨允孵化出松恩和三只龙狗。萨允后来又孵化山岗上出现的四个蛋，出现了松桑和三只羊。松恩与松桑相恋结合，

并生育了后代。后来子孙宜仙、宜美生六胎，即龙生、蛇生、虎生、雷生、姜良、姜妹。姜良、姜妹在雷王发洪水后成亲，生下大肉团。肉团被砍碎后变成了天下不同姓氏和民族的人。三江侗族自治县一带的侗族神话也描述了人种的三次更迭。世界上最初的两个人是从棉婆孵的蛋里出来的松恩和松桑，他们俩婚配为夫妻，生了雷婆、丈良、丈美等十二个孩子。雷婆发起大洪水淹没了世界，只剩下丈良、丈美两兄妹坐着雷婆牙齿种出的瓜逃过一劫。丈良、丈美两兄妹在岩鹰的劝说下做了夫妻。婚后，丈美生下一个肉团，浑身长满了眼、鼻和嘴巴。他们把肉团剁碎扔进大山，形成了不同民族的人。

流传在环江毛南族自治县一带的毛南族创世史诗说，格（毛南族神话中的人物）用狗耕田，狗吠天造成暴雨。盘古兄妹逃过大洪水后，繁衍了毛南族人。毛南族神话《盘古兄妹和他们的神祖神孙》则说，大地被洪水洗礼后，人类绝迹了。幸存下来的盘古兄妹结婚，生了壮族人、瑶族人和毛南族人。

水族神话中有仙婆牙巫剪纸（一说为木叶）造人与生蛋孵出人等说法。《牙巫造人》神话里说，牙巫剪了许多纸人压在箱底，时间未到她就打开木箱，这时候形成的人又矮又小，很瘦弱，牙巫就让老虎和鹞鹰把他们吃掉。牙巫又重新造人，这次造的人好，后来人成了世界的主宰者。神话《十二个仙蛋》里则说牙巫与风神相配，生下了十二个蛋，其中一个蛋里孵出了人类。仫佬族则有《伏羲兄妹制人伦》的神话，说雷公发洪水后，伏羲兄妹钻进葫芦中逃生，经难题考验后成婚，生肉团，肉团砍成的肉末变成了许多人。仡佬族的神话《人皇与四曹人》说，人皇用泥捏出的第一批人被风毁掉，用草扎成的第二批人被雷神用火烧光。于是，人皇派天神下凡繁殖了第三批人，没想到他们好吃懒做，被洪水淹死。最后，人皇派他的儿女——阿仰兄妹婚配繁衍出第四批人，成为今天世界上的人。

　　布努瑶把密洛陀视为人类的造就者。史诗《密洛陀》中说，密洛陀先后用糯米饭、泥土、石头、铁来造人，均以失败告终。最后，她用蜂蜡造人，造成了世界上最初的四对男女。他们分成四个族群，第一对男女是北方的汉族，第二对男女是本地的汉族，

盛装的布努瑶群众

第三对男女是壮族，第四对男女是布努瑶。四对男女分了家，到不同的地方居住。布努瑶的祖先来到山里，结为夫妻，生下四男三女，为蓝、罗、韦、蒙四姓。

在那坡县彝族的人类起源神话中，天公发下大洪水淹没人间，只有善良的威志和米义两兄妹躲在葫芦里逃过一劫。他们婚配生下了一个男孩——归伟，夫妻二人却被小青蛇咬死了。归伟被天婆收养，带到了天上。后来归伟回到人间，与一起下凡的天女结为夫妻，繁衍了人类。

玉林市汉族的神话《伏羲伏姬兄妹造人》说的也是洪水后兄妹婚配、繁衍人类的内容。伏羲和妹妹伏姬婚配之后，伏姬生下肉团。他们用禾秆扎出男人和女人的样子，把肉团剁成肉粒塞进禾秆人的胸脯里，又用指尖血点在这些禾秆人的头上、手上和脚上。三天之后，这些禾秆人都变活了，从此世间又有了人，繁衍至今。

广西各民族的人类起源神话母题既有共性又有个性。始祖造人的方式各异，但都包含了对人类的深厚情感与对人类发展的殷切希望。在各民族之中，常见洪水淹没天地后兄妹婚配生人的神话，这既带有早期人类对洪水这一特定自然灾害的记忆，又具有特殊社会阶段的影子，强调了人类社会对血缘婚姻的禁忌。神话与史诗中的人类祖先，往往是多个民族的共同祖先，这为各民族人民友好往来、彼此像兄弟姐妹般团结友爱奠定了良好的基础。

在广西各民族的创世神话与史诗中，这些开天辟地的神祇与先祖，也常常成为山川河流、日月星辰等无生命自然之物的创造者，为人类提供了生存的空间。

山川河流的出现常常是神祇与祖先劳动的结果。流传在巴马一带的壮族布洛陀神话说，布洛陀用铁木顶起天，把地压低。天像一把伞盖不住大地，布洛陀就用手指把地皮抓起来，这样地面就缩小了，天才盖得住地。而被布洛陀抓过的地面就形成了山坡。江河湖泊、山泉溪流则是水神图额等挖掘出来的。壮族史诗中如此描绘山川河流的出现："雷鸣响天上，额（水神图额——笔者注）赶河海水……雨落到下方，九头额造河沟，九头龙造河，抬头造得坡连坡，伸颈造成山连山，甩尾造成溪，用脚刨成河，造成天下宽，造成田峒广……"侗族史诗说，始祖婆萨天巴让姜夫、马王修整天地，姜夫造玉柱把天撑高，从此才分出了天上和地下。天地摇晃，萨天巴口吐玉蛛丝，织出拦天网托起天篷。马王造出五湖四海，把地变圆。在仫佬族的神话里，造地的先祖布比密勤快，把地制宽了，布什格手脚慢，把天制窄了，天盖不了地。布什格着急了，伸出双手用力把天绷大。天虽然绷大了些，但还是盖不住地，布什格和布比密就牵起手把地抱起来，箍得地皱皱巴巴的，形成了世间的山坡、山注、山冲和河沟等。

日月星辰悬挂于天空之上，和人们的生产、生活密切相关，尤其是太阳，带给人类光明和温暖。关于它们的起源，在神话和史诗中也有大量充满想象的叙述。日月的起源又常常与射日的母题结合在一起，在广西各民族神话与史诗中普遍存在，是先民对历史中特殊气候条件的记忆与反映。

壮族的神话里把日月说成是布洛陀或者姆洛甲创造的。布洛陀用泥巴捏出一个像吊篮一样的东西，拿到天火里烧。待烧得红通通的时候，就找来一根铁链将那东西捆住，拖到山顶上，再向天上一甩，那东西便挂在了天上。可那东西被天上的风一吹，就变惨白了，也没有光芒，就变成了月亮。布洛陀又做了一个竹篮，粘上水神图额的眉毛和睫毛，它就在天上熠熠发光，成为太阳，让世间充满了光亮与温暖。东兰壮族的史诗则说，始祖布洛陀造出了太阳，始祖母姆洛甲造出了月亮。侗族史诗说，萨天巴造火团融化天地的冰雪，照亮大地。她又造了一个冰团，冷却大地。她让火团和冰团轮流巡天，它们就是太阳和月亮。后因为雷王发洪水淹没天地，她又造了九个太阳来晒干洪水。因为十个太阳暴晒人间，皇蜂便用金弓箭射下了九个太阳。水族史诗《开天立地》说，女神牙巫取清气来造出太阳和月亮。她一口气造了十个太阳和十个月亮，"热烈烈泥化成糊，烫呼呼岩融成浆"，人间太炎热了，她便射去九日九月，留一个母太阳和一个公月亮光照人间。

在一些民族的神话与史诗中，神祇或始祖造出的太阳或月亮数量并不是常见的十个。毛南族的神话说，第三代神"天皇神"造出十二个太阳。瑶族史诗《密洛陀》说，瑶族的始祖母密洛陀吐了十二口唾沫，左手指天在天上画了一个大圈，"大圈变成火球一个，大圈变成火光一团。火球红艳艳，火光亮闪闪。火球火光就是太阳，光芒万丈照凡间"。密洛陀又吐了十二口唾沫，右手指天在天上画了一个小圈，"小圈变成银盘一只，小圈变成白灯一盏。银盘明朗朗，白灯亮闪闪。银盘白灯就是月亮，洒下银辉满凡间"。融水苗族的史诗《顶洛田勾》说，大枫树"树干的蛀虫变成两只蝴蝶，蝴蝶飞进岩洞里生了五个蛋。有一个蛋养出月亮，有一个蛋养出太阳"。

　　将天体拟人化，是早期人类在有限的知识背景下对自然进行解释的方法，带有特定的思维特点。

　　广西各民族的创世神话与史诗还讲述了各种动植物的来历，以牛、马、羊、狗、鸡、鸭等家畜家禽和水稻等粮食作物为主。牛是人类最早驯服的动物之一。早在七千多年前的河姆渡就有了人类养牛的痕迹。广西新石器时代的遗址中亦多出土牛骨，据研究应为驯化后的家牛。牛力气大，在生产生活中给人类带来了很大的帮助。依靠耕牛犁地耕作，降低了人们的劳动强度，这是人类借助自然力量劳作的最生动案例。

　　壮族的神话和史诗中不但有关于牛之起源的叙述，还有关于牛缺门牙等特征的描述。神话里说，布洛陀、姆洛甲看到人类犁田耕作耗时费力，就制作水牛来帮忙。他们先用塘泥塑出水牛的模样，再找枫木来做牛脚，用弯木来做牛头，用野芭蕉的茎来做牛肠，用风化石来做牛肝，用葵扇来做牛耳朵，用千层皮树来做牛角，用苏木泡水来做血。之后，还要把牛放到嫩草地上，耐心等它变成活牛。牛活了，眼珠骨碌碌转，人们却不知如何把牛牵回家。布洛陀、姆洛甲又教人们用牛绳牵牛鼻，牛这才乖乖听话。从此，人类借耕牛之力，减轻了田间劳作的苦累。为了保证牛的繁衍与健康，两位始祖又教人们举行"赎牛魂"的仪式，这一仪式至今仍兴盛不衰。牛没有门牙，这是一个奇特的现象。壮族人在神话中把它解释为牛因为嘲笑被人整治的老虎，把门牙都笑掉了。扶绥县壮族人中流传的《水牛恨芭蕉》说，水牛原本很老实，耕地是不用人牵绳子的。但它后来听了狐狸的教唆，不好好干活，人也拿它没办法。溪边的芭蕉树告诉人一个对付水牛的好办法，就是用绳子把它的鼻子穿起来。从此，水牛便被人用绳子牵着鼻子走，失去了自由。水牛一直恼恨芭蕉树给人出主意，每当来到溪边，它都要用锋利的牛角把芭蕉树戳得稀巴烂。

侗族的史诗中也记述了黄牛、水牛等的起源。《黄牛之原》说："天上放牛落进耶在山，扮宰看见把'牛'称。藤子牵身轭套颈，辛勤耕耘来献身。"《水牛之原》说："当初水牛无外皮，它没有外皮肚子红通通，它没有外皮肚子通通红，它在山上吃草但见肉色红冬冬。甫年锻造牛毛周身插，甫尼锻打蹄壳和头角。牛蹄牛角打齐全，水牛得到蹄和角，跳跃又奔跑。"

水稻等重要植物的种植使人们逐步摆脱了食不果腹的生活，意义特殊。汉族有神农尝百草、置禾稼之说，其他少数民族也不乏相似的传说。如水族的史诗篇章《开天立地》也提到神农："神农王，教造耙锄。造锹钎，教挖山坡。宽平处，挖作田塘；斜陡坡，留给牛住。野黄牛，爬满山坡，捉回家，穿鼻子啦。哞哞叫，不会说话。不会说，它吃什么？去问王，王说吃草。神农教，砍树造犁。造犁耙，牵牛犁田。空肚子，跟在牛后。犁完田，上坡挖土。田种稻，坡栽小米。三月播，五月耘薅。八月里，人人收

布洛陀造牛马、种麻造衣的神话浮雕

割。村村喜，处处欢笑。神农教，哪样都好。"仫佬族的神话《达
伏》则告诉我们，稻谷、玉米的种子都是人神达伏从玉皇大帝那
里带回人间的。仡佬族神话《家畜的来历》说，最初地上没有人
烟，天神叫人和狗先从天上下来住，他们来到地上后，没有粮食
吃，狗才回天上要谷种。天神给了谷种，还派马、牛、鸡和狗等

一道下来帮人做活路。狗看家，牛耕田，马驮粮食，鸡报晓……后来，牛和马做活累了，就到处乱跑，人没办法，叫狗去问天神。天神说，用笼头把马套起，用绳子把牛鼻子穿起。人们照做，牛和马就听人使唤了。

　　在壮族"赎谷魂"仪式上演唱的史诗讲述了谷种的来源。史诗里说，由于洪水滔天淹没了天下所有的平地，只有案州的郎老、敖山等大山未被淹没，天下所有的稻谷都堆积到这两个地方。九十天后，洪水消退，稻谷却被留在郎老、敖山等高处，用船和竹筏都运不回来，饿死了很多人。"地上有民众／下方有百姓／有人没有米／吃坡草做餐／吃牛草当饭／吃坡草粗糙／吃茅草也倦／孩子吃了长不大／孤儿吃了不白净／姑娘吃了脸菜色。"于是，人类让鸟和老鼠去运回稻谷。谁知鸟和老鼠虽然取到稻谷，却只顾各自享用，躲到深山老林里不再出来。布洛陀、姆洛甲教人们编笼结网捕鸟鼠，捕到后就撬开它们的嘴取出谷种来种。稻谷成熟，谷粒像柚子一样大，人们"用木槌来捶／用春杵来撞／谷粒散得远／谷粒飞沙沙／拿去田中播／拿去田峒撒／一粒落坡边／成了芒芭谷／一粒落院子／变成粳谷丛／一粒落寨脚／变成了玉米／一粒落在墙角／变成了稗谷／一粒落在畲地／变成了小米／一粒落在田峒／变成了籼稻／变成红糯谷／变成大糯谷／变成黑糯谷"，人间才有了各种各样的谷种。但人们把谷种种下去之后，禾苑不抽穗，抽穗不结粒。后来经过壮族始祖布洛陀和姆洛甲指点，人们把消散的谷魂赎回来，从此才稻谷丰收，天下繁荣兴旺。

　　壮族神话《谷种和狗尾巴》则把谷种的来历和狗联系起来。古时候，天上有谷子，地上没有。地上的人越来越多，可以吃的东西越来越少。人们求天上的人给些谷种，天上的人却不肯给。没办法，地上的人就派了一只九尾狗到天上去找谷种。九尾狗到了天上，见天宫门前晒着谷子，便在晒谷坪上打滚，浑身沾满谷粒。不巧被天上的人看见了，追赶过来，用斧钺朝九尾狗乱砍。九尾狗拼命地跑，九条尾巴被砍掉了八条，最后身上的谷粒被刮掉了，仅剩的一条尾巴下夹着一些谷粒，就这样把谷粒带回了地上。从此，地上有了谷种，人们种出了谷子，狗也只有一条尾巴。

布洛陀造田种稻浮雕

人们为了报答狗，就把狗养在家里。现在种出来的稻谷穗，根根都像狗尾巴，就因为谷种是沾在狗尾巴上从天上带到地上来的。因此，至今桂西一些地方的壮族人，收回新谷做的第一锅米饭，第一碗先盛来喂狗，以感谢它偷来谷种的功劳。狗为人类取谷种的神话从侧面反映了狩猎过程中人们对狗身上沾谷种现象的关注与思考，大概源自早期的狩猎文化。

广西各民族的创世神话与史诗也不乏各类有关文化创造的内容，包括文字、历法、社会制度的创造等。以文字的出现为例，文字是记录人类语言的重要书写符号，它使人的思想得以更快、更远、更久地传播，因而文字对人类社会发展的重要性不言而喻。文字的出现也被视为一个民族迈入文明社会的标志。文字的重要性，在各民族神话中多有提及。

例如，壮族史诗说文字是由布洛陀创造的："黑色的根源字是祖公安，做干栏的书是祖公造，改命搭桥的书是祖公造，启蒙入学的书、成沓的经书、成堆的官书，都是祖公造的书。"侗族神话《四也挑歌传侗乡》讲述了侗族歌书的来源。远古时候，侗族祖先松恩、松桑的妈妈死了以后，被埋在河坎上。那里长出一棵树，绿油油的树叶上长满密密麻麻的侗歌字纹。这种字纹只有丢归神雀能看见、能识别。神雀把树枝上的侗歌都教给四也。识汉字的先生把这些侗歌用汉字记载下来，四也便挑着这些歌书到处传歌。这则神话把树叶上的纹路说成最早的侗族文字。

水族人中流传着有关水族文字来源的若干神话，他们认为水族文字是水族的先祖拱陆铎创造的。拱陆铎花了六年时间创制文字。起初，水族文字多得成箱成垛，堆满一屋子。后来，天皇认为水书太厉害，就使出计谋用火烧了装着水族文字的房子，只剩下压在砚台下的几百个字。拱陆铎生怕再遭天皇算计，此后全凭记忆来记住文字，谁也偷不走。遗憾的是，水族只剩下这靠口传心记的几百个文字了。还有神话说，开天辟地之后，水族没有文字，记事很不方便，人们便推举了六个记性最好、心地和善的老者，到仙人山学文字。仙人就依照水族居住地的飞禽走兽的形态造出了水书。其中一位老者拱陆铎历尽千辛万苦，好不容易把水书带回家，大部分水书却被坏人抢走并付之一炬，只剩逃难时揣在怀里的那一本了。虽然拱陆铎凭记忆增加了一些字，但字数也不多了。为避免坏人破坏，拱陆铎还故意用左手写字，改变字迹，甚至将一些字反写、倒写或增减笔画，这才形成了流传至今的水族文字。

广西各民族的创世神话与史诗，想象丰富，内容多姿多彩，天上地下都受到了早期先民的关注。从总体上看，这些创世史诗与神话关注的中心与喀斯特地貌的典型景观、稻作农耕的生产生活方式密切相关。各民族的创世神话与史诗既共同体现了广西的地域风情，又保持了自身浓厚的民族文化特色，令人着迷。

英雄神话与史诗：赞颂英雄的力量

　　除了创世的神祇与始祖，广西各民族的神话与史诗还塑造了不少英雄人物形象，如壮族的布伯、莫一大王、金伦、岑逊王、汉王，仫佬族的稼、三界公，毛南族的覃三九，瑶族的盘瓠等。这些英雄人物多具有神力或独特的本领，他们为了族群或人类的福祉而奋斗不息，甘于牺牲自己，深受人们的崇敬。有关这些人物的神话和史诗内容丰富，不少与创世神话和史诗紧密结合成为一个整体，在此将择重点进行介绍。

　　有的英雄人物为了人类的生存而不惜与神祇抗争。流传在桂中的壮族史诗《布伯》说，雷王嫌人间给的贡品不够丰盛，便制造了三年大旱，人间处处干涸，田块龟裂，人们无法插秧种稻，心急如焚。英雄布伯以大无畏的精神上天与雷王斗争，雷王假意答应给人间降雨。布伯一走，雷王便做好准备下来找他算账。雷王打着闪电来到布伯家的屋顶，被事先铺在那里的水草滑了脚，掉到院子里先后化成公鸡、猪、马和牛，这些都被布伯识破，雷王被抓住关在谷仓里。布伯的子女伏依兄妹可怜雷王，给他喝了一点猪潲水，雷王恢复力气后就逃回了天上。回到天上的雷王气急败坏地放水淹没大地。布伯坐着打谷槽去找雷王，恰巧雷王正伸出一只脚来丈量水位，布伯一斧就把雷王的脚砍掉了，吓得雷王只好躲到金坛里保全性命。布伯也因为体力不支而牺牲，化为了天上的启明星。史诗讴歌了壮族人民战天斗地征服自然、改造自然的勇气和毅力，布伯是他们集体智慧的形象凝聚与再现。融水苗族神话里英雄亨英斗雷公的故事与布伯的神话相似。在这个故事中，雷公和龙、虎、配咧、亨英同为妮仰的孩子。雷公心狠，把母亲害死后就要分家，抢去了家里的大牯牛、好棉花和好禾把。他和亨英比武被抓住关了起来，被放走后又不给人间降雨。后来，雷公发下大洪水，仅有亨英与自己的一双儿女存活。亨英整治了雷公，并留在天上监督雷公给人间降雨。

　　如前所述，广西各民族神话与史诗中的造日月内容经常与射日内容联系在一起。这些射日的主角，常常是各民族中勇于克服困难、不怕烈日暴晒、充满智慧的英雄，如壮族的特桄、苗族的星子网通等。在壮族的神话里，布洛陀、姆洛甲造出日月后，太阳和月亮结了婚。他们生下十个太阳，照得人间无比炎热。特桄的孩子被太阳晒死了，他就立志要把太阳射下来。特桄请教布洛陀后，到森林里找来"埋恩"做弓，用狗血泡过的桄榔木做箭。他用这种箭一连向天上射了十支，射中了太阳的十个儿女，他们便落到海里去了。太阳和月亮也害怕得躲进了海里，世界又变得黑暗起来。母鸭驮着公鸡在海中呼唤太阳和月亮，太阳和月亮听到公鸡悦耳的歌声，于是姗姗地升上天来，从此人间才恢复了正常的昼夜。融水苗族的史诗《顶洛田勾》说，祖先顶洛的两个老

婆生下十五个蛋,其中六个孵出了太阳,从此天上一共有七个太阳。七个太阳晒得天下大旱,星子网通用刀枪杀死了六个太阳,剩下一个照耀人间。

布努瑶史诗中说,太阳和月亮相恋,生下了十一个太阳和十一个月亮。他们全家同时走过天空,烤得大地无比炎热,人和动植物都要热死了。太阳和月亮不听劝告,坚持每次全家一起升空。于是,密洛陀选出心灵手巧、行动敏捷、力气最大最足的阿申、耕杲、王侬、王师·阿唷、郎布冬所林、郎醒桑严、昌郎也、昌郎仪、昌郎三共九位英雄。九位英雄用杠竹做成梭镖,用刚竹做成长矛,后又用铁长矛、铜梭镖去杀太阳和月亮,都失败了。九位英雄又造弩造弓箭,用铁做成箭尖,用铜铸成箭镞,又涂上毒药,"只见利箭嗖嗖飞去,只见毒矢嗖嗖射出,太阳未来得及把飞箭烧尽,飞箭已扎在太阳身上,月亮未来得及把飞镞烧熔,飞镞已刺在月亮身上"。他们射落了十一个太阳和十一个月亮,只留下一对日月照耀人间。

广西各民族神话与史诗中的射日情节,集中再现了他们在生产力极低的状态下企图战胜自然的顽强精神,这是他们力图在能力范围内改变自然的一种尝试。南方气候变化多端,时而暴雨,时而日晒,阴雨天时,有可能十天半个月都见不到太阳,在这种环境下生存极其不易。因此,八桂先民更渴望通过行之有效的办法,让太阳以温和的方式持续为人类提供光能、热能。射日神话就是这种努力最典型的再现。

有的英雄人物为了人类的平等而奋起反抗残暴的统治者。壮

族有关莫一大王的神话与史诗就讲述了他为反抗皇帝迫害而做出
的抗争，悲壮的结局更显其英雄气概。在红水河中下游传承的史
诗《莫一大王》中，莫一大王从小家境贫寒，在他幼年时，他父
亲就被催粮的官差打死，丢进深潭里。莫一长大以后，跳下深潭
去寻找父亲的尸体。他在深潭中见到一头水牯牛，那便是他的父
亲。水牯牛往他手上吐出一颗珍珠，莫一吞下这颗珍珠，从此变
得力大无穷。莫一到京城当了皇帝手下的第十三个大王，但他还
是想念家乡的父老和妻子。他"白天在京当大王，晚上骑着神马
回家乡"。他每晚都回家和妻子住，后来妻子怀孕了，遭到婆婆
的责难。妻子为了向婆婆证明自己的清白，就在莫一大王早上离
开之前悄悄把他的鞋子藏起来。莫一大王找不到鞋子，只好用泥
做成鞋子。他看到太阳已经东升，怕赶不及上朝时间，就用手把
太阳压下去。皇帝知道莫一有神力之后，就想除掉他。莫一跑回
家乡，用竹鞭赶山来堵塞，以抵御皇兵。"莫一把鞭拿在手，山
山向他来叩头；莫一挥鞭把山赶，山山跑步抢在头。"后因莫一的
母亲无意中道破天机，说出"赶石头"来，山就停止移动了。莫
一夫妻在山上种竹子，竹节里面藏着神兵，等到时间足够，就能
够从竹了里出来打败皇兵。但时间未到，竹节里的神兵就被皇帝
发现，放火烧死了。莫一用仅剩的一根竹子做成弓箭，射向京城。
第一箭射到城中，第二箭射到宫门，第三箭射中皇帝的洗脸盆，
遗憾的是没有把皇帝射死。皇帝派兵讨伐莫一，莫一寡不敌众，
跑到深山的龙王洞里，用草扎出自己的兵马。但因为莫一的母亲
看到了这些兵马，说他们是些草人，草人兵马就无法再变成真的

兵马了。莫一与皇兵大战，寡不敌众，边战边退。皇兵设计杀死
了他的神马，抓住了莫一。他们把莫一的头砍下来，头却飞向天空，
张嘴大骂皇帝和皇兵。皇兵走后，他的头又飞下来，落到脖颈上，
完好如初。可惜，莫一的母亲又说人头断了就不能活，于是莫一
就死了。后来，莫一的妻子按莫一的嘱咐，把他的头密封在缸中，
经过四十六天，莫一的头变成了地龙蜂，地龙蜂飞到京城蜇瞎了
皇帝的双眼，蜇肿了皇亲国戚和文武百官。地龙蜂又繁殖出千万
子孙，把皇兵赶出了壮族地区。流传在河池与柳州一带的神话《莫
一大王的故事》里还说，因为莫一大王的母亲偷偷揭开瓦缸盖子，
用开水往里头浇，飞出来的蜜蜂就只能蜇伤人，而不能把人蜇死。
在广西侗族、瑶族、仫佬族、毛南族等民族中也有类似莫一大王
神话的叙述，只是主角变成了本民族的虚构神祇或人物，例如稼、
三界公、覃三九等，又或者被附会到历史人物吴勉、侯大苟的身上。

　　有的英雄神话与史诗则反映了人类强者之间的征战与弱肉强
食的原始社会，带有浓厚的早期部落英雄争霸的色彩。例如，壮
族英雄史诗《汉王与祖王》讲述的就是汉王与祖王两位首领争夺
王位的故事。汉王的父亲娶来后母，后母带来祖王，从此汉王备
受欺负和虐待。分家时，祖王处处抢好处、占好处，抢要好塘好
田，抢要大水牛，排挤汉王。两兄弟吵架，汉王拗不过祖王，从
此两兄弟结仇。雷王、图额救汉王上天，让他跟雷王管天上。汉
王要报复祖王，让天大旱三年，四年不下雨，但祖王有泉水灌
田。汉王派野猪和熊来掘水车咬禾苗，祖王养猎狗咬死野猪和
熊。汉王放老鼠来咬禾根，放尖嘴鸟来叮谷穗，祖王用竹笼铁套

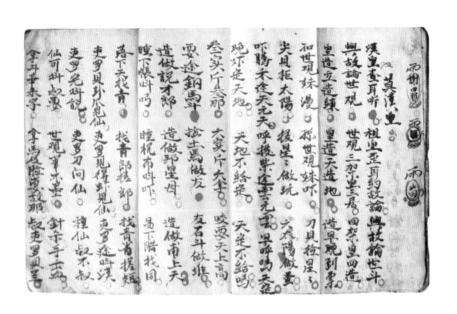

英雄史诗《莫汉皇》手抄本

来套鼠鸟。汉王放三百只蚜虫、七百只螟虫来啃禾穗，祖王用弓
箭来射杀。汉王画鬼符来害祖王的儿子，又放三股大水来淹，祖
王用三十头猪、六十只鸡做祭祀敬鬼神化解。最后，汉王造七月
太阳火辣辣，八月稻谷变灰黑，九月稻谷掉落地，造疾病源源不

断。祖王杀完母猪、母鸡祭神，妻儿的病还是不好，去打野猪来祭、抓熊仔来杀也没用。这回，祖王才知道跟兄弟结怨招致了灾祸，于是请乌鸦上天去喊，请鹞鹰上天去求，答应给汉王恢复名分，退还塘田、祖屋财产，两兄弟的斗争才结束。最后，汉王在天上享受人间供品，祖王在地上管理人间。

广西各民族的英雄神话与史诗中所歌颂的英雄形象，是不同民族在自身文化发展的基础上，根据各民族的经历与历史上曾经出现的英雄人物而塑造出来的。由于广西各民族以农耕为主要生产方式，其英雄人物多与自然、统治者相斗争，同时带有早期狩猎文化的影子。同时，相较于我国北方的英雄史诗，广西各民族英雄史诗中有关族群劫掠、征战的内容与篇幅要少得多，并带有浓厚的岭南农耕文化色彩。

其他神话与史诗：追思往昔峥嵘

除了上述以创世和英雄内容为主的神话与史诗，广西各民族还有一些其他史诗，如讲述节庆起源、族群迁徙、事物现象等的史诗。这部分神话与史诗，有的难以归入创世和英雄神话与史诗，有的则与前述的神话与史诗内容有重合或因果关系。比如，讲述瑶族盘王节来历的神话，其实也是瑶族祖先盘瓠立功的神话；瑶族布努支系有关达努节来历的神话，也与密洛陀创世的神话有所重合。这些神话生动地展现了八桂丰富的历史文化，体现了广西先民早期独特的思维和对世界敏锐的观察力。

不少民族的神话与史诗都解释了本民族传统节日的由来。例如，瑶族自称为"勉""尤勉"的支系有盘王节来历的神话，讲述了始祖盘瓠的英雄事迹及盘王节的起源。有的盘瓠神话记载在《过山榜》文献之中，有的则以口耳相传的方式流传至今。例如贺州一带的瑶族人说，盘瓠是皇帝评王的龙犬，身披二十四道斑纹。评王的国家受到番王的攻击，评王贴出告示，消灭番王的人可任选金银财宝，做评王的驸马。龙犬揭下告示，前往番王国土。番王以为评王的龙犬投奔他，预示着评王的国家就要灭亡，

瑶族盘王节

十分高兴。他收养了龙犬，并举行国宴来欢迎它。龙犬趁番王不备，咬断番王的头颈，冲出王宫渡海回国。龙犬回到评王身边之后，评王的三公主自愿嫁给龙犬，他们成为夫妻。龙犬对三公主说，只要把它放进蒸笼里蒸七天七夜，它身上的毛脱掉就会变成人。三公主将龙犬放入蒸笼蒸到六天六夜时，见龙犬没有和她说话，很担心蒸死丈夫，便打开盖子看，发现龙犬果然变成了人身。只因蒸的时间不足，龙犬头部和脚胫的毛没完全脱掉，但是再蒸也无效了，三公主只好用布把有毛的地方都缠裹起来。这就是今日瑶族缠头巾、裹脚套习俗的由来。评王让盘瓠到南京十宝殿做王，盘瓠与三公主生下六男六女。评王赐给这些瑶家儿女十二姓，又送去金银珠宝和各类吃穿住用的东西。评王还给他们颁发了《过山榜》，盘瓠子孙所在之地任其开垦，不收取赋税。后来，盘瓠打猎时被山羊顶下山崖而丧命。三公主让儿子们剥了山羊的皮，绷在木鼓和长鼓上，做成黄泥鼓，他们边敲边舞，以此纪念盘瓠。从此，瑶族人逢年过节都要打黄泥鼓、唱盘王歌，纪念祖先盘瓠。

布努瑶史诗《密洛陀》不但生动地描绘了密洛陀创造世界万物和人类的过程，还解释了达努节的由来。密洛陀在五月二十五日去世，子孙在五月二十九日送她的魂归祖。在此期间，大家"蒸花色糯饭、蒸花色糯糍，煮新鲜肉食，弄可口佳肴"，以此纪念密洛陀。人们还在这五日内打铜鼓，唱歌跳舞，颂扬密洛陀的创世功德，唱瑶族的历史歌，形成了今天的达努节。京族神话中有哈节来源于"镇海大王打败蜈蚣精"的说法。据传，北部湾岸边的白龙岭下有一条巨大的蜈蚣精，过往船只都要用一个活人给它献祭，否则就会

招来翻船之灾。后来，镇海大王体恤民间疾苦，杀死了蜈蚣精，还把它的身体砍成三段。蜈蚣精的身体化成了现在京族人居住的三个岛屿。于是，京族人尊奉镇海大王为守卫京族三岛的神灵，每年过哈节都祭祀他，以纪念其为民除害的丰功伟绩。

八桂先民以神话的形式来记录族群早期的发展历程，这些神话带有上古的奇幻色彩。融水苗族的迁徙神话《当逗率众西迁》说，六层岭的理老（即有威望的、决定族群事物的长者）当逗带着族人往西迁徙。他们在燕婆婆的指引下，一路不停地走着，一些兄弟姐妹陆陆续续停留在"乌嗨乌里""芬榜培溜""乌叟乌溜"等地方。十年之后，当逗终于带着一小支族人来到了最西边的"芬败根樟"，这里"黑土香喷喷，芒根甜蜜蜜"。当逗打起牛皮鼓，随他迁徙、沿途定居的兄弟姐妹听到鼓声，也陆续打起鼓来，鼓声站站相传，传回了六层岭，告诉当地的族人他们已迁徙到美好的地方，请族人不要担心。从此，苗族人民就有了打鼓过拉鼓节的传统。当逗带领这一小支苗族先民，在半山坡建起木楼，放牛养羊、造梯田、种糯禾、撒粟粮、栽棉花，世代繁衍生息。

广西各民族的神话与史诗中还有解释各类自然物、生产与生活习俗的内容。例如，流传在崇左壮族中的神话《稻谷和懒婆》说，以前稻谷能说话、能走动，会自己跑到地里生长，成熟了又自己跑回家里来。懒婆不给稻谷开门，稻谷生气了就不回来了。懒婆只好拿着镰刀自己到地里割稻谷。没想到，稻谷割了又长，割了又长，怎么也割不完。懒婆生气了，拿棉花堵在割过的稻秆里，从此，稻谷不再生长，也不会说话和走动了。今天的稻秆里，依

瑶族黄泥鼓舞

然留着一层白膜，人们说这就是懒婆塞进去的棉花。

　　广西各民族的这些神话与史诗，与本民族的历史、生产生活方式密切相关，它们既是先民理解世界、表达自身价值观念的重要方式，又传授了本土的知识理念，故而备受人们珍视。与此同时，广西各民族共同生活在岭南大地，他们的生活环境相似，生产生活方式互相影响，文化交流频繁，这使得他们的神话与史诗在人物、内容与情节上有相同或相似之处，体现出深厚的稻作文化传统，融入了清奇险峻的岭南喀斯特地貌风骨，自成一派，别具一格。

二

歌唱人生的百味：

民间歌谣

　　饭养身，歌养心。自古以来，广西各族人民就爱唱歌，生活中离不了歌。曾几何时，山野里，火塘边，处处有歌声飘荡；节庆中，典礼上，时时有歌声飞扬。歌声中，有八桂儿女的喜怒哀乐、爱恨情仇。可以说，广西民歌生动地反映了广西人民生活的方方面面、点点滴滴。

丰富多彩的广西歌谣

　　广西歌谣是广西十二个世居民族祖祖辈辈在漫长的社会生产、生活中集体创作的。这些歌谣不但是老百姓生产、生活的生动写照，也是他们丰富情感、真实内心的形象化呈现。

　　八桂大地几乎各地区、各民族都有聚众唱歌的习俗，这种喜歌善唱的传统是孕育丰富多彩的广西歌谣文化的必备条件。广西各地民歌形式多样、结构自由，其体例主要有七言四句式、五言四句式、杂言体等。

　　壮族民歌中，七言四句式比比皆是，如"水泻滩头哗哗响，妹不见哥心就忧，喝茶连杯吞下肚，千年不烂记心头"。其他民族的民歌也以七言四句式为主。广西钟山瑶族官话情歌《连双太多乱了心》唱道："天上星多月不明，塘里鱼多水不清，劝弟不要太多情，连双太多乱了心。"

　　五言四句式的民歌早在《粤风》中就有记载："分离三年多，别后四年长，大路草发青，'特断'草也长。草多草又长，拿镰刀去割，割尽不相见，伤心泪涟涟。"直至今日，壮族青年男女还在使用这种体例来表情达意："望到头发枯，望到喉咙断，死去

几十日，想你又生还。"

　　杂言体有三种结构。第一种结构：全歌第一句词为三字句，后三句为七言句。如京族民歌《等妹拾做箫》："怎样办？怎叫沙洲变成田？怎能变成金耳环，时时挂在妹耳边？"第二种结构：全歌以两个三字句作为首句，后三句为七言句。如藤县情歌《初恋》中唱："追月影，自彷徨，哥盼妹来早成双，独枕冰冷易惊醒，一夜睁眼到天光。"第三种结构：以七言句为主，或长短句交错排列。有些民歌为了叙事完整和抒情需要，大量使用七言句，如京族情歌《清水浸禾根》唱道："见妹长得十分娇，眼眉生来条对条，怎得挨妹坐一排，如同清水浸禾苗。见妹长得十分珍，眼眉生来条条匀，怎得挨妹谈一阵，如同清水浸禾根。"有的甚至每句歌词的长短都不一样，短的有三言、五言、七言，长的有八言、九言和十二言。如京族情歌《撒谎歌》当中，有三言、六言、九言等句式："相爱脱衫赠送，回家撒谎过桥遇大风；风吹了，风吹了，衫被风吹无影无踪。相爱脱葵笠赠送，回家撒谎过桥遇大风；风吹了，风吹了，阵阵风把帽吹上天空。相爱把戒指赠送，回家撒谎过桥洗手掉水中；冲到深处黑咕隆咚，顺水推到龙宫。"

　　广西民歌的形式多种多样，远不止以上所列的这几种句式。总体来说，其句式结构既遵循一定规则，句子又根据情境可短可长，排列较为灵活，因此能让歌者充分、自由地表达情感，同时又富有音乐的韵律。

　　在表现手法上，广西各地情歌善于运用赋、比、兴、双关等修辞手法。

赋，指的是运用铺陈的手法对事物进行具体描述，用简练明快的语言概括事物的特征，褒贬之情在朴实的语言中自然而然地流露出来。比如广西各地都流传的《十二月田歌》，通常按时间顺序叙述农事生产活动，这就是赋的运用。

比，就是比喻，即把两种或多种不同的事物放在一起，取其某一共同点加以比较，以形象地表达情感。贴切的比喻往往能够让抽象的事理和复杂的情感变得真实而具体。在广西民歌中，比喻的对象多是人们在生活中常接触到的事物，大自然中的一花一草、生产活动中的一车一马，都成了老百姓信手拈来的歌咏对象。如钦州民歌《妹像茶花在深山》："妹像茶花在深山，山又高来路又弯；想变蜜蜂飞过去，又怕蜘蛛结网拦。"歌中运用明喻的手法，将意中人赞誉为茶花，表达了对对方的爱慕之情。广西民歌里运用得更多的是隐喻，即喻体和本体不用比喻词连接，如脍炙人口的壮族情歌："入山看见藤缠树，出山看见树缠藤，树死藤生缠到死，藤死树生死也缠。"歌词以藤树相缠比喻男女相恋，用"缠到死""死也缠"比喻两人相爱决心的坚定和感情的深厚，非常具有感染力。

兴，指的是先言他物，以引起所咏之物。这种手法往往以其他事物开头起兴，然后自然而然地引出咏叹之物。起兴句大多是触景生情、有感而发创作的，所以起兴与所咏对象之间只有感情上的关联而并无逻辑上的必然联系。比如融安的情歌："高山种竹竹成排，平地种柳在沙街。哥是金竹妹是柳，何时竹柳得相挨？"这里的起兴即是触景生情之"景"，以竹、柳比喻相爱的两人各处一地，表现出小伙子不知何时能与意中人相聚的忐忑心情。有的起兴抓住两种不同事物在某点上的相同或相似性来引出主题。如隆林仡佬族情歌《妹你见哥眯眯笑》唱道："公鸡不叫毛不松，母鸡无蛋脸不红；妹你见哥眯眯笑，一定有话在心中。"歌中由对公鸡与母鸡生活习性的观察，引出对姑娘的调侃，具有浓浓的乡土气息，又分外诙谐有趣。

双关，即在遣词用字时表面是一个意思，而暗中又隐含着另一个意思，一语双关。双关手法可以分为两类。一类是借同音词双关。因为民歌是一种口头语言艺术，谐音手法是一听即明的。比如流传在合浦的《妹要留心等旧时》唱道："竹笋插花叮嘱妹，蜘蛛牵网莫乱丝（思）。千年铁锁生了锈，妹要留心等旧匙（时）。"这里用"丝"来谐"思"的音，用"匙"来谐"时"的音，含蓄地表达了男青年对爱人的牵挂与担忧。又如客家情歌："碟子种花园分浅，扁柴烧火炭难圆；哑佬食着单只筷，心想成双口难言。"歌中巧妙借用"园分"谐音"缘分"，用"炭难圆"谐音"叹难圆"，生动地刻画出小伙子"爱在心头口难开"的心理。另一类是借用同义词双关，如隆林壮族山歌《婆婆苦笋咽不下》："妹呀妹，不要怕，转个弯弯就到家，婆婆苦笋咽不下，哥哥给你煮南瓜，叫妹吃得笑哈哈。"歌中用苦笋之苦来暗示媳妇受婆婆虐待之苦，又用南瓜之甜"双关"哥哥对妹妹的关心与安慰。可以想象，那位受了委屈的媳妇，听罢这俏皮的山歌，定会莞尔一笑。

广西民歌除了采用上述四种表现手法，还大量运用重叠、比拟、排比、对偶等手法。几种不同的手法往往会同时运用在同一首民歌中，从而达到情景交融、生动感人的艺术效果。

　　广西民歌内容丰富，种类繁多，依据内容及功能，可将其分为劳动歌、时政歌、仪式歌、情歌、生活歌、历史传说歌、儿歌七类。

劳动歌：劳动伴随着歌声

　　劳动歌是最早产生的一种民歌类型，它以劳动生活为歌唱内容，与广西特有的农耕、渔猎生产方式相依共存，一直延续到今天。

　　广西劳动歌可分为两大类。一类是为配合劳动动作所唱的歌，如应和着劳动节奏喊出来的各种劳动号子，具有协调动作、指挥劳动、鼓舞情绪的功能。在唱法上，号子通常由一人领唱，众人呼应。在旋律上，调式简单，音律的长短巧妙地应和劳动的轻重缓急。有的甚至没有调式，只是将一些拟声词或者感叹词根据特定的节拍唱出来。因此，不同的劳动，其号子的节奏、气势各有特色，如渔民号子、伐木号子等。高强度的体力劳动需要协调动作，指挥众人统一发力，因此其劳动号子歌词简短，节奏感强。如广西合浦一带渔民唱的推艇号子：

　　　　　　　好运彩——嗨！

　　　　　　　滑溜溜——嗨！

　　　　　　　冲得快——嗨！

　　　　　　　利闪闪——嗨！

　　　　　　顺水来——嗨！

　　　　　　银跳跳——嗨！

　　　　　　上渔台——嗨！

　　合浦是我国海上丝绸之路最早的始发港之一，历史悠久，潮平海天阔。过去，渔民每日清晨赶早出海，靠同行的伙伴齐心协力将靠岸的大型渔船奋力推入海中，重新起航。在这一推艇入海的过程中，劳动号子发挥了不可或缺的作用。在唱推艇号子时，先由领号发声领唱"好运彩""滑溜溜"等有歌词的歌头，众人只需合唱歌尾的"嗨"字。重音落在"嗨"字上，因为"嗨"就是一个信号，说明此时大家要同时用力推艇，让力量集中爆发，方能推动沉重的渔船。整首号子节奏明快，合唱起来铿锵有力，有震天撼地的气势。它既能协调动作，又能在简单的唱词中对每一次的出海寄予丰收的企盼和美好的祝愿。

　　有些劳动，如打夯、抬重物等，虽然也强调劳作步调一致，但因为这类劳动的动作持续时间比较长，具有重复性，所以相应的劳动号子只要能保持动作一致即可，演唱形式不仅有一领众和式，还有二部轮唱式或齐声反复演唱式，节奏比较平稳，歌唱的内容较为灵活，歌词往往更具趣味性，能够消减因为单调的重复性劳作而引起的疲劳和困乏，如武宣的《白话劳动号子》：

　　　　　甲：来呀碰呀！乙：担抬重呀！

　　　　　甲：膊头痛呀！乙：腰骨痛呀！

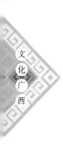

○ 对山歌

甲：来呀碰呀！乙：向前冲呀！

甲：来呀碰呀！乙：碰着你"屎脮"（屁股）痛呀！

甲：来呀碰呀！乙：腰骨痛呀！

甲：痛呀痛呀！乙：碰呀碰呀！

甲：担抬重呀！乙：鬼叫你穷嘛！

甲：顶硬做呀！乙：鬼可怜嘛！

　　甲：走上路呀！乙：快快行呀！

　　甲：走呀走呀！乙：行呀行呀！

　　合：上落街呀，唔使怕呀，走呀走呀，冲呀冲呀！

　　这是一首武宣白话劳动号子，通常由抬重物上街市的挑夫采用二部轮唱式的唱法，两人一唱一和轮唱。一声声号子，唱出了出力抬物的节奏，也唱出了每日负重的艰辛，身体的劳累在声声呐喊中得到了畅快的疏解。这一劳动号子，喊腔、唱词与武宣白话是相辅相成的。诸如"碰着你'屎朏'（屁股）痛呀！""上落街呀，唔使怕呀"的白话方言，既生动有趣，又营造出一种你追我赶的竞技氛围。

　　广西劳动歌的另一大类则是总结劳动经验的歌，如各地的《节气歌》《种田歌》《采茶歌》等。这类劳动歌记录了从远古时期的采集、狩猎到后世的耕织、百工等生产方式，具有传授劳动知识和生产经验的作用。

　　如金秀瑶族的《狩猎歌》这样唱道："四山岭头放猎狗，山冲小路立横漆，立枪未了石羊到，狗吠三声羊着痴。四山岭头放猎狗，二岔路口立横枪，立枪木丁野猪到，狗吠三声猪着枪。四山岭头放猎狗，猎狗汪汪叫得急，猎手纷纷跟狗上，黄猄着枪倒地泥。四山岭头放猎狗，赶出一只斑脚羊，斑脚羊皮好蒙鼓，打起鼓来祭盘王。四山岭头放猎狗，赶出一对斑脚羚，猎归排枪十二响，男女老少喜吟吟。"这首歌生动地记述了瑶族猎手带犬围猎野兽的场景，最后满载而归，族人皆大欢喜，祭祖感恩。

广西的农事歌谣和采茶歌数量较多，篇幅也较长，各地都有类似于《十二月田歌》的长篇农事歌。如融安的《农歌对唱》，整首歌谣由一对青年情侣一问一答，逐月讲述一年当中的农事安排。如男方唱："三月里来是清明，又盼时来谷雨淋，季节催人急哪事，要请情妹讲来听。"女方答："插田过后二十天，定要追肥耘好田，多种杂粮该下地，瓜豆不可误时节。"这是以问答对唱的形式告诫人们农业生产一定要依时而动才能喜获丰收。有趣的是，歌中不光有生产知识的记录，还有男女情谊的传达。歌的结尾，男方这样唱道："过了小寒又大寒，四季即将要问完，再向情妹问一问，今日哪个受孤单？"女方则羞涩回应："哥也单来妹也单，妹在一山哥一山；鹧鸪若要共岭啼，要看明年三月三。"这里以节气更替为起兴，含蓄地唱出了男女双方的爱慕之情，使这首朴实的农事歌竟也有了一抹浪漫的色彩。

情歌："倚歌择配"的浪漫

在文学作品中，爱情是古老而永恒的话题，在民歌中也是如此。广西各地的情歌不仅数量丰富，而且在各类民歌当中艺术价值也是最高的。情歌仿佛更能拨动人的心弦，更能引起心灵的共鸣。因此，在民歌中，情歌最受欢迎，唱情歌的人最多，正所谓"无山无水不成河，无姐无郎不成歌"。年轻的八桂儿女喜用情歌来表达对美好爱情的渴望和追求，倾诉内心炽热的情感。山野、河边、田间、地头也就成了男女抒发心声的空间。正是在这样的山川旷野中，产生了淳朴的爱情，形成了具有鲜明地方特色与艺术风格的广西情歌。

由于风俗习惯、语言特点不同，广西各民族的情歌也各有特色，其内容若依照爱情发展的顺序，大体可分为初识歌、重逢歌、试探歌、赞美歌、恋情歌、离别歌六种类型。可以说，爱情生活的酸甜苦辣，在情歌中都有真切动人的记录。

在传统社会，广西许多民族有"倚歌择配"的婚俗，唱情歌择偶是八桂儿女，特别是少数民族传统的恋爱方式。如走坡，就是仫佬族青年男女以歌传情、开展社交活动的一种方式。走坡通

常在庙会或者圩日进行，而人数最多、规模最大的走坡，则是在春秋两季的农闲时进行。具体来说，春季走坡多选择在春节期间，秋季走坡则选在中秋节前后的某个圩日里。1984 年，罗城仫佬族自治县政府规定，每年农历八月十五为全县仫佬族的走坡节，从此走坡有了一个固定的节日。

走坡没有固定的场所，地点多在各村交界的山坡上。过去，罗城最大的坡场在花源洞和新印坡，花源洞位于东门、小长安两镇交界处，新印坡则位于四把镇龙潭水库附近。罗城民间有句老话："罗城四把爱玩爱耍。"这指的就是四把人爱走坡对歌。走坡并不是未婚青年的专属，结了婚的人同样可以走坡对歌会友。不过，因为每逢走坡节，仫佬族各村的青年男女都会成群结队汇集到坡场，随处可见青年男女忘情对歌的情景，所以当地人又把这个节日叫作"后生节"。

走坡一般是同性结伴而行。在坡场上，当小伙们看到姑娘们远远走来，或是恰好经过自己的身边时，会先向对方摇摇手帕，俏皮地吹吹口哨，以引起对方的注意，而后开始唱"邀请歌"："行路遥遥唱支歌，面前有对好娇娥；面前有对娇娥妹，我想邀她唱山歌。"或是唱："唱支歌，献给前面好娇娥；哥有真心来求妹，妹若有意回支歌。"女方听后若是不接腔，嬉笑而过的话，说明邀歌不成。如果姑娘们有心对歌，则会放慢脚步，也摇手帕接唱："听闻人唱我也唱，听闻人歌我亦歌；十字街头买麻团，问哥有心亦无心？"

邀歌成功以后，男女双方各推两名歌手对歌，其余的人则在

仫佬族走坡

旁参谋，并轮流上阵。此时可以唱询问对方个人情况的"问村歌"。
如男方唱："妹在一村我一村，有幸得遇妹英台；好似梦里遇着妹，
疑是天仙下凡来。"女方唱："我是半天云里凤，哥是江湖深处龙；
凤在半天龙在海，谁知今日得相逢。"对唱数个回合之后，男女
双方便有了深入的了解。此时，某对男女如果互生好感，就会独
自另找一个偏僻角落，一对一地对歌，接唱倾诉爱慕之情的"恋
情歌"。等到对歌将要结束时，双方便难分难舍地唱起"算日歌"，
约好下次对歌的时间。为了求得对对方念想的寄托，也为了让对
方不忘约定，双方还会唱"取定歌"来索取定情信物。如男方唱：

"妹英禾，问妹真来是假来；若是真来就分定，分点东西定下来。"
女方则答："无定不比有定强，有个定头记得长；有定时时记得到，
时时记得两鸳鸯。"有些年轻姑娘，则会故意开玩笑挑逗对方，
如唱："不该不该真不该，出门一样不带来；镜子手帕倒忘了，只
有脚底烂草鞋。"对方也不甘示弱，大方对答："不论不论哥不论，
不论脚底烂草鞋；妹若有心送给我，日里得穿去砍柴。"唱完"取
定歌"，交换了随身带的手帕、雨伞或鞋子等定情信物，双方再
唱"暂离歌"，便依依惜别了。

　　等到再次走坡，先到的一方会唱表明心志的"守候歌"，两
人碰头后接着唱"重逢歌"，再转入试探对方情意的"结双歌"。
互表心迹之后，便开始唱赞美对方的"赞美歌"、倾诉别后相思
之情的"思恋歌"、渴望结亲的"同心歌"及"择日歌"。多次走
坡之后，男女双方倘若情投意合，便可托媒人告知双方家长；家
长同意后，就可以准备婚礼了。当然，如果对唱过程中，发现与
对方不投缘了，还可以唱"分手歌"，好和好散。

　　过去，走坡对歌贯穿了罗城仫佬族青年的整段爱情生活。与
此相似，广西各地定期或不定期举行的歌圩或歌堂，也都成了八
桂青年男女结情交友的好地方。泰戈尔的诗句正可描述那动人的
对歌情景："我留神年轻而失散的心是否已经相聚，两对渴慕的眼
睛是否在祈求音乐来打破他们的沉默，替他们诉说衷情。"

　　"唱歌的人懂歌声，撑船的人懂水性；找花的人懂花路，哥
今连妹懂妹心。"一曲曲情真意切的情歌唱出了心中炽热的情感，
唱出了对幸福生活的期盼，因而感人至深，流传久远。

侗族鼓楼里的"行歌坐月"

仪式歌：敬神迎礼的吟唱

仪式歌是伴随宗教仪式、节日庆典和婚丧礼仪等活动吟唱的歌谣。仪式歌的产生与早期人类的语言崇拜有关。远古时期，人类对外在世界的认知水平有限，认为语言具有神秘力量，便试图运用语言去打动神灵，为自己祈福禳灾，后来这些祈福的语言就衍化成各种仪式歌。仪式歌与其他的民歌不同，很少有即兴创作的，具有套路比较固定、歌词程式化的特点。因为人们崇拜语言的神秘力量，对这些祈福禳灾的语言是很敬畏的，所以很少去更改仪式歌的歌词和形式，这使得有些仪式歌千百年来能够一直保持原始的状态。

根据内容和应用情况，仪式歌可划分为诀术歌、祀典歌、礼俗歌和节令歌四种。

诀术歌是一种被认为具有法术作用的民间歌诀，它包括民间信仰仪式传承人从事相关活动时所用的某些唱词，以及被民间认为具有去病禳灾功能的歌诀等。

唱诵诀术歌时，通常需要举行某些特定的仪式，也有的无须举行什么仪式，随时随地都可以念诵或是书写出来。比如我们都很熟悉的"天皇皇，地皇皇，我家有个夜哭郎，过路君子念三遍，一夜睡到大天光"，这属于典型的诀术歌，在广西各地都有流传。老百姓将它写在红纸上，贴于路边、桥桩或大树上，以求家中小儿不再哭闹，身心康宁。

有的诀术歌唱的是对神灵的祷告。过去，壮族地区建新房之前，先由主人象征性地破土后，再焚香祭祀，边祭祀边唱《新屋破土谣》："手拿锄，脚踏土，地摇摇，响噜噜，龙王开金柜，犀牛开银库，金子三百三，银子五百五。金子垫，银子铺，垫新屋，铺新路，我家世世代代，享不完福禄。"

还有一类诀术歌的内容是祈福禳灾。比如过去，壮家人认为饿鬼是一种令人四肢乏力的鬼魅，因此产生了驱除饿鬼的歌诀："阴阳不同时，人鬼不同屋，你走你的道，我走我的路。谁叫你碰我的脚？谁叫你咬我的肚？老饿鬼，死妖骨，你再不走开，我就不客气，狗血把你淋，茅草把你缚。"

这类诀术歌具有明显的巫术思维特点，通常与特定的仪式或巫术行为结合在一起，实际上起到的是心理安慰作用或某种象征作用。比如"斩白虎"是玉林市乡村地区传统婚俗当中的一种仪式。当迎亲队伍热热闹闹地将新娘接到新郎家门口时，必须要进行"斩白虎"的仪式，新娘才能下轿，进入新郎家。仪式由当地的师公主持，需要完成鸣炮、念辞、抛鸡、下轿、进门、跨火笼、拜堂七道程序。仪式的中心环节是抛鸡，即把象征"白虎"的鸡从喜轿顶部抛掷过去。在抛鸡之前，师公要念唱《斩白虎辞》："日吉时良，天地开张；初开鸾凤，新结鸳鸯；

造瑞夫妇，麟趾呈祥；百年偕老，五世其昌；金鸡飞过，白虎速行；斩鸡白虎，爆竹声扬；新人入屋，地久天长。"这首歌既有祈福的吉庆之词，又有喝退"白虎"恶灵的神秘口诀，使得"抛鸡"这一举动有了驱除鬼祟的象征意义，也象征着新娘完成了净化仪式和身份转换仪式，正式被接纳为新郎家的成员，开启全新的生活。

祀典歌主要在祭祀祖宗等仪式的过程中吟唱。如桂林市临桂区的瑶族民众在举行婚礼时，要向瑶族始祖神盘王祈福。祈福仪式由师公主持，师公们带着三个童男和三个童女，按特定的路线在主家堂屋和大门外边走边唱《盘王歌》："来到厅堂慢慢唱，细把盘王唱一回，唱歌先把盘王敬，糯酒香甜敬六杯。猪头敬上做佳肴，没有猪头打猎围，青山树木叶青翠，走去青山打猎围。不放苍鹰不放犬，看清足迹把兽追，摆起笼车做埋伏，赶起山猪关笼内。割下猪头桌上摆，不能空去拍手归，糍粑粽子安桌上，七串铜钱放一堆。桌边酒缸放一个，穿衫拜请盘王回，龙凤席面厨官摆，团圆摆起像龙围……"祀典歌的一项重要内容，就是把祭祀过程及祭祀过程中所需的祭品一一描述出来。《盘王歌》开篇所唱的糯酒、猪头、糍粑、粽子等食品，都是瑶族人民在进行祭祀活动时常用的祭品。而歌中出现的猎山猪以祭祀的情节，既体现了瑶族人民远古时期的狩猎遗风，又表达出对始祖神的虔诚。

唱完祭品之后，师公们接着回溯盘王开天辟地成为瑶族人始祖的曲折过程，最后师公们再唱颂"七十二计孔明计，千方百计靠圣王，子孙万代多得福，圣王流芳万古长"，表达族人不忘祖恩、对始祖神毕恭毕敬的态度。在婚礼当中，通常是分段间歇演唱《盘王歌》，多以铙、钹、笛、响板、长皮鼓等乐器伴奏，吹吹打打，热闹非凡。这是对始祖神的至诚颂唱，同时期盼祖先护佑，希望新人生活无忧。

礼俗歌在民间最为流行。过去广西各族人民在出生、成人、婚丧等各类人生礼仪中都有歌谣相伴，如"出世歌""背带歌""哭嫁歌""孝歌"等，表达了人们对生活的美好祝愿。

礼俗歌种类非常丰富，其中婚礼上的礼俗歌最具特色。在婚礼正式举行前，准备出嫁的姑娘便开始唱起"哭嫁歌"。广西很多民族，如汉族、壮族、瑶族等，都有哭嫁的习俗。通常，新嫁

壮族祈天仪式

娘在出嫁之前，要和自己的好姐妹、好朋友聚在闺阁里一起哭嫁，有时要唱几天几夜，甚至更长时间。新娘哭嫁的内容有哭爹娘、哭兄嫂、哭姐妹、哭媒、哭穿衣、哭上轿等。陪哭的人则在一旁唱劝慰性的陪哭辞。

哭嫁歌是哭着唱的，连哭带唱。在过去，哭嫁歌不仅是哭诉与亲人别离的不舍，更是哭诉旧社会女性人生的不幸，表达女性对封建婚姻制度的种种不满。如武宣壮族地区的《哭嫁歌》唱道："母亲呀母亲，怨世不公平；生个女妹仔，长大卖给人。明日儿嫁人，骨肉要离分；像鸡仔挨抓，妈忧心如焚。为养儿成人，妈历尽艰辛；皮干肉也瘦，操劳又操心。背背又抱抱，暖儿在胸前；外出见蚂蚱，烧给儿先吃。儿发热发冷，妈坐不安宁；上山把药找，过村请医生。"歌中唱尽了女儿对母亲的不舍与感恩，令人闻之落泪；也表露出对身为女性只能任人摆布的不甘，令人同情。

在流行哭嫁习俗的地方，人们常常把姑娘是否会哭嫁作为衡量女子才德的标准，认为由此可以看出她对亲人长辈是否尊重和爱戴。民间还有俗话说"哭哭发发，不哭不发"，意思即为姑娘出嫁时不会边哭边唱，夫家就不会兴旺，越会唱哭嫁歌，夫家就越兴旺发达。若是姑娘出嫁时不会唱哭嫁歌，就会被周围的人看不起。因此，对于当地的姑娘来说，唱哭嫁歌是一门必修课。

另一方面，对于新娘个人而言，哭嫁歌的功能也非比寻常。它既能够协助新娘实现人生角色的转换，还能够安抚她们在角色转换时期不安的情绪。这个意义上，"哭嫁"可以说是哭中生乐，是"不哭不热闹，越哭越喜庆"。

　　金秀壮族地区的婚礼，则有一系列送亲歌、迎亲歌。金秀壮家人结婚，女方的送亲队伍中不仅有自己的姐妹、姑表亲戚，一般还会有当地有名的歌手。当送亲队伍将新娘送到夫家村头，迎亲的一方会派出男歌手先唱"拦路歌"："几十个人做一帮，又穿绿来又穿蓝；你们要打寨头过，不知你们去哪方？"送亲队伍的女歌手则唱："贵村好，巷口又宽路又平；我们来送亲姐妹，你把闸门为哪门？""拦路歌"名为"拦路"，实为"盛情欢迎"，两位歌手以一问一答的形式，将新娘迎入夫家。送亲队伍随新娘进门后，主人请送亲客人入席坐好，由家里的后生向客人们敬茶敬酒。在迎宾过程中，主客双方都以歌代言。主人家的歌手先开腔唱"敬茶歌"，以表达对客人的欢迎。

　　　　男：一进门来二进厅，手拿茶罐把茶斟；
　　　　　　送亲走得够辛苦，饮杯淡茶润润心！
　　　　女：饮过了，我在房中饮过来；
　　　　　　不信你问管茶人，一个捧杯一个筛。

　　敬完茶，再唱"敬酒歌"。主人家敬酒三巡后，开始唱"筛鞋帽开赍箱歌"，请送亲人一一开箱展示嫁妆，并表达对亲家的感谢。这个阶段所唱的仪式歌，既是祝福之歌，又是礼仪之歌，在一敬一让之间，体现了民间最朴素的待客之道。

　　等到这一系列流程走完，婚礼上的歌手们开始自由对歌，你

一句我一句，你来我往地比学识、比歌艺，内容风趣幽默，别有风味，常常引得主客双方哈哈大笑，将婚礼的喜庆气氛推向高潮。

　　除以上仪式歌外，民间还有大量应时而唱的节令歌。节令歌是与节令或民间节日有关的歌谣，如壮族民歌《正月正》，唱的是与节令有关的生活习俗："正月正，几年米干包裹粽……三月三，五花糯米拜坟山……五月五，雄黄泡酒过端午……"岁月流转，人生起伏，始终有歌相伴。

◎ 布努瑶姐妹

儿歌：叙写童年的欢闹之声

儿歌，是朦胧记忆中妈妈在摇篮边的浅吟低唱，是童年伙伴在嬉闹玩耍时的游戏口诀。它伴随着我们的成长，给孩子们幼小的心灵以快乐和启迪。广西各地流传的儿歌数量很多，按其功能可分为催眠儿歌、游戏儿歌、猜谜儿歌以及事理儿歌等。

催眠儿歌一般比较简短，便于大人反复吟唱。如广西钦州儿歌《麻雀仔》："麻雀仔，担竹枝。担上高楼寻亚姨，亚姨梳只摩罗髻。摘朵红花编髻围，腰带长长脚细细，好好花鞋踩落泥。"这是大人哄婴儿睡觉时唱的催眠曲，曲调轻柔，节奏平稳。

游戏儿歌通常是边玩游戏边唱的儿歌。如柳江壮族儿歌《十姐妹》："大姐大鼻梁，二姐'马螂扛'（指螳螂），三姐鹿羊面，四姐锅灰脸，五姐乌鸡脖，六姐大膊罗（指个子大），七姐瘦嶙嶙，八姐笑死人，九姐狐狸精，十姐大观音。几时等得观音大，吃肉筛酒谢媒人。"这是女孩玩过家家时唱的儿歌，语言诙谐有趣，既唱出了十姐妹不同的形象特点，又让孩子们学会了数数的方法和规律。

还有的儿歌类似于顺口溜，本身就是语言游戏，这类儿歌往往只注重韵律和谐，因此会把一些毫无联系的事物放在一起，只

用"土电话"唱儿歌

是为了念起来押韵，朗朗上口，而没有实际的意义。如柳城儿歌《一事不成》："月光光，好种姜，姜碧绿，好种竹，竹开花，好种瓜，瓜未大，孙子摘去卖。卖得几多钱？三吊钱！学弹棉，棉线断；学打砖，砖断节；学打铁，铁生'噜'（锈）；学'迟'（吃）猪，'迟'猪不够本；学榨粉，粉塞心；学卖针，针嘴缺！阿弥陀罗佛。"整首儿歌运用了顶真的手法，如"好种竹，竹开花"，上句的结尾与下句的开头均使用"竹"字，使得句与句之间环环相扣，语气贯通，同时又训练了孩子的语言能力和记忆能力。

猜谜儿歌大多采用一问一答式，有一点像"脑筋急转弯"游戏。如隆林苗族儿歌《梭罗树下皇姑娘》："天上梭罗树，梭罗树下皇姑娘，什么生来脑儿大？什么生来脸儿长？什么生来不吃奶？什么生来不要娘？天上梭罗树，梭罗树下皇姑娘，牛儿生来脑儿大。马儿生来脸儿长。鸡儿生来不吃奶，鸭儿生来不要娘。"这首儿歌让孩子们在你问我答之间，既增长了知识，又提高了应变能力。

事理儿歌指讲明某种事物的特征，或是传授做人道理的儿歌。如广西桂林儿歌《颠倒歌》："高山头上滚鸡蛋，鸡蛋不烂烂石头。牛栏里头关鸡仔，鸡仔踩死一头牛。"这首儿歌非常有特色，别具一格地采用了"倒错"的手法，让孩子们通过对比，认识强与弱、大与小的区别，非常有趣，令人印象深刻。浦北儿歌《十字歌》这样唱："一字一画好端端，二字两画两头穿；三字一长两画短，四字写成四角天；五字好比猫坐凳，六字乌鸦飞两边；七字装成胡须钓，八字蛾眉挂两边；九字弯弓射日月，十字交叉顶到天。"儿歌从"一"唱到"十"，形象、生动地描述了各数字的构

字特点，便于孩子们掌握书写数字的技巧。

有的儿歌则重在对孩子进行品行教育。如广西玉林儿歌《菊花园》鼓励孩子学习要专心："腾腾顶，菊花园，亚爷叫我睇（看）龙船。我唔睇，我要读书中状元。"（腾腾顶：指锣鼓之声或万众欢腾之状。唔睇：粤方言，意思是不看。）又如广西金秀儿歌《吃糯饭》唱道："太阳红，太阳亲，太阳早早山头升，我下长滩吃糯饭，糯饭甜，糯饭香。糯饭吃不完，留给爸妈尝；爸妈吃不完，叫爹奶来尝；爹奶尝不完，藏在石缝里，给小鸟闻香。"这首儿歌以诱人的糯米饭为引子，让孩子学会分享，懂得在日常生活中孝敬长辈。

生活歌：日常解忧的唱诉

　　生活歌，特指反映民众日常劳动生活和家庭生活的歌谣。若以歌者的身份为标准，生活歌可分为农民生活歌、妇女生活歌、工匠生活歌；若以内容为标准，可分为诉苦歌和劝诫歌。

　　在旧社会，老百姓深受剥削阶级的压迫，生活苦不堪言，何以解忧？满腹的苦水，化作了悲切的歌声。最为典型的是流传在广西各地的《十难歌》。《十难歌》的版本很多，歌词常因歌者的身世不同而有所不同，但其歌唱的方式基本相同，都是从一到十，一件一件唱诉自己的人生苦难。

　　如钦州的《十难歌》唱道："第一难来无食难，眼望沙煲口吞潺；人食二餐我未煮，眼泪流流又过餐。第二难来无衫难，半边麻袋围腰间；晚上用来当被盖，日间用来遮羞颜。第三难来无屋难，一年四季住茅棚；又怕风来又怕雨，食不安来睡不安。第四难来无双难，要柴要水自家担；衫烂裤裂无人补，踮脚出门门就关……"

　　歌中的主人公家徒四壁，无米下锅，生活无依无靠、孤苦伶仃，最后发出了这样的感慨："第十难来做奴难，食尽残菜和馊饭；三更未睡五更起，千斤重担要我担。"真可谓人生"十难"，

以歌解忧

人生实难！

　　旧社会是宗法制社会，以父权为中心，重男轻女，因而女性的社会地位低下，遭受的磨难十分深重。在广西民歌中，反映女性悲惨命运的诉苦歌特别多，其中比较典型的是反映婚姻生活不幸的诉苦歌，如玉林民歌《好花遇着臭藤缠》唱的是女主人公遇人不淑："人家丈夫像条龙，我屋丈夫像条虫；鸡屎藤根栽茉莉，好花遇着臭藤缠。"又如隆林的《苦媳歌》："正月说起去望娘，婆婆说是活路忙。问声婆婆忙哪样，婆婆说是待客忙。烧茶煮水洗碗盏，一夜到亮不得眠。眼泪落在高山起露水，落在平地积成塘，苦莲花呀苦连连！"歌中的媳妇哭诉家婆的虐待，思亲不得归，还要连夜为夫家操持各类家务，不由得眼泪"落在平地积成塘"。这种夸张的手法深刻地反映了女性在夫家卑微的地位和非人的生活，抒发了其无处可诉的悲伤与苦楚。

生活歌中的另外一类是寓教于歌、导人向善的劝诫歌。广西浦北一带流传有不少这类劝诫歌。如《劝君歌》以妻子奉劝丈夫的口吻，告诫世人不要沾染赌博恶习："妹劝夫君千祈千，劝君千祈莫钱赌；赌钱输钱输人格，千人指点万人嫌。"《成才全靠苦心栽》唱道："小刀利利是磨利，梅花香香苦寒来；黄连树上种灯草，成才全靠苦心栽。"歌中以"小刀""梅花""种灯草"来打比方，给人以奋发图强的启示。《无用忧》则鼓励世人要热爱劳动、苦中作乐："无心机，无心机，撑船过江摘荔枝。摘了荔枝龙眼熟，杧果花开未合时。无用忧，无用愁，吃了番薯挖芋头。不信请你来看过，岸上黄粟又低头。"歌中采用先抑后扬的手法，让终日忙碌的农民在一茬茬的收获中看到了生生不息的希望，也唱出了一个最简单的道理——一分耕耘，一分收获。

广西藤县民间传唱的《孝顺歌》，不仅颂扬了孝顺父母的美德，还蕴含着为人处世的道理："父不忧心因子孝，夫无烦恼赖妻贤；言多语耻皆因酒，义断亲疏只为钱。男人勤耕得饱食，女人勤织得身威；少年幼子不肯读，急时拎纸枉求人。"人生的智慧，传统的美德，就这样通过歌声一代一代地传承下去。

品世间冷暖，感儿女情长：民间长诗

　　民间长诗，是广西各民族人民聚焦于日常生活，以此为基础创作、传承的长篇歌谣。从长诗中，人们窥见了自己生活的影子，找到了生活的真谛，在聆听与歌唱中获得了新的感悟。与在歌圩、节庆活动中对唱的短歌不同，长诗通过较长的篇幅，或充分讲述一个或多个幻想的故事，或充分表达演唱者心中的所思所想，或归纳与总结劳动人民数千年来生产、生活的经验，承载着他们丰富的情感、历史的记忆与宝贵的经验智慧，表达着他们的处世哲学与价值观念，诉说着他们的追求与向往，故而传唱至今。

　　广西各民族的叙事长诗各有特色，有的以叙事见长，有的以抒情出彩，有的重在追祖溯源，记录本民族的起源与迁徙历程，形成了精彩纷呈的传承局面。在表演形式上，有的长诗采用单人独唱的形式，有的采用双（多）人对唱的形式，还有的使用乐器进行伴奏。需要指出的是，由于汉文化的强大影响力，在壮族、侗族等少数民族中出现了源自汉族题材的长诗，比如《梁山伯与祝英台》《董永》《文龙与肖尼》《蔡伯喈》《朱买臣》等。

叙事长诗：人间冷暖歌中藏

　　八桂人民的叙事长诗，以人们的爱情、劳作及社会生活为主要内容，富有幻想色彩，表达人们的生活理想与态度。它的内容广泛，其中，爱情是一个重大的主题。长诗中刻画了各类基于现实的人物形象，故而深受百姓欢迎。茶余饭后，劳作之外，人们唱着长诗，记录生活，消除生活的疲惫，表达自己的所思所想，传递生活的智慧与经验，并获得前进的动力与审美的享受。广西各民族比较著名的叙事长诗有壮族的《贼歌》《刘三姐》《马骨胡之歌》《唱秀英》《幽骚》，瑶族的《娓生与银根》，侗族的《金汉烈美》《珠郎娘美》《金银王》，水族的《端节歌》，仫佬族的《龙哥与凤姐》《乐登桥》，苗族的《哈迈》《兄当与别莉》《冷祥》，京族的《琴仙》《斩龙传》《刘平杨礼》《朱珍和陈菊花》等。

　　流传在广西百色右江中下游地区的壮族"嘹歌"中，有一部著名的叙事长诗《贼歌》，意为"兵歌"。它以男女对唱的形式，讲述了一对壮族青年男女悲欢离合的故事，反映了壮族人民对不义战争和土官残酷统治的不满和憎恨，展现出人们对和平幸福生活的向往和追求，具有积极的意义。故事以八寨起义为社会背景。

当时，聚居于上林、忻城、来宾三县交界山区的思吉、周安、古卯、古蓬、古钵、都者、罗墨、剥丁八寨的壮族和瑶族人民，因不满土官的压迫，举行起义。他们占据官衙，赶走了土官，夺回被抢去的土地和财物，开仓赈饥。明王朝为之震惊，于是派两广总督刘尧诲、广西巡抚张任调集各路军队前往镇压。这时候，右江中下游地区也到处拉丁拉夫，镇压起义。《贼歌》正是从拉兵唱起的，包括天乱、抓丁、求巾、起程、征途、扎寨、苦战、归途、思妹、相会等情节。诗中讲述了一对柔情蜜意的青年男女正穿山越岭前去赶圩，他们在榃山上对歌谈心，共进野餐，充满了诗情画意。后来，他们走进圩场一起吃粉，情意绵绵。但好景不长，这时突然传来土官强迫征调的消息，圩场上的人们惊恐不安，满圩到处乱窜。在征调之下，男主人公被迫参战。

《贼歌》长诗描绘了征途之苦，也描写了沿途乡村的萧条，

嘹歌歌本

反映了明王朝统治下人们生活的困顿。诗中写道："走过山寨十二村，十二村寨无人声；走过山村十二寨，十二村寨都锁门。村寨空溜溜，牛栏没见牛；抢劫空手回，夜睡青砖头。"官兵过处，百姓逃光，官兵还要去抢夺财物，然而村寨空空，官兵只好空手而回。农村的破败可见一斑。当土官打到了七寨，双方浴血战斗，在生死的关头，"两边两排剑，两边两排镰；眨眼满天剑砍剑，霎时遍地镰钩镰"，打得天昏地暗，日月无光。"砍人像砍芭蕉树，戮人像戮芭蕉蔸，血流猛过大洪水，人头摆像石沙洲。"经过一场血腥的战斗，农民起义军被镇压下去了。从这些诗句里，我们看到这场不义的战争给人们带来了无尽灾难，同时也看到起义军的英勇顽强。

当男主人公幸存下来回到了爱人的身边，两人悲喜交集。然而当他快要踏进女主人公家门口的时候，突然唱道："哥想进妹门，手脚血淋淋，手脚沾满伤鬼血，无脸去见妹双亲。"之后几段妙不可言的对歌，通过男主人公的诉说，点明了这场战争的罪责在官府，农民起义军是无罪的，进而通过女主人公用一盆热水给男主人公洗手的情节，点出被迫去打仗的百姓也是无罪的。

《喊歌》是一部具有人民性的长诗。它的主人公是一对朴实、勤劳、忠贞的劳动者，长诗通过两人之口，表达了对土司的不满，对朝廷的愤恨，对不义战争的指责和对起义人民的同情。两位主人公把这场镇压人民的战争视为罪恶的战争，这也正是壮族人民对这场战争的是非论断。长诗将这一立场明白无误地表达了出来，谴责了明王朝的罪行。由于表达了人民的是非观，长诗几百年来

在群众之中辗转流传，历久不衰。

《贼歌》在艺术上有独特的风格。长达 1600 行的长诗全部采用男女对唱的形式，而且是壮族传统的、韵律和字数都很严格的五言四句勒脚歌，可见作者的艺术功底。全诗以爱情为主线来反映重大主题，章法有序，手法高超，内容丰富，引人入胜。广泛采用了铺垫、烘托、比喻、夸张、对偶、排比、设问、反问等艺术手法，形象生动，跌宕起伏，虽一问一答但不使人感到乏味。在语言的运用上，原诗语言朴实、流畅，能够比较准确地传达出主人公在不同情况下的复杂心理，场面的描写及景物的描绘也贴切生动，这大约是这部长诗脍炙人口的原因。《贼歌》里，主人公的形象是通过两人的对唱表现出来的，他们的行动也全在对唱里体现。主角的形象全部用主角的话来刻画，这虽不算独一无二，但也是很少见的手法了。《贼歌》这部优美的长诗，不仅有积极的教育意义，而且具有较高的艺术价值，给我们以美的享受。

大化瑶族自治县七百弄一带瑶族人民珍爱的叙事长诗《娓生与银根》，情节跌宕起伏，想象力丰富，赞颂了娓生和银根的忠贞爱情。长诗里说，银根出门买牛，不料在途中被河水吞没，葬身古龙河。娓生痛不欲生，日益思念银根，便决定舀干古龙河的水，找到银根。诗中写道：

> 古龙河是吃人的猛虎，古龙河是活埋人的饿狼滩。
>
> 娓生要把河泥掏尽，娓生要把河水舀干，
>
> 娓生要救阿根，娓生要为阿根招魂还愿。

　　　娓生到哈草去打铜瓢，舀了河水一天又一天；

　　　娓生到吉旦去铸铁勺，掏了河泥一担又一担。

　　　　使坏了铜瓢一千，用坏了铁勺一万。

　　　　舀了三年一百天，河水也舀不干。

　　一个意志坚定、永不服输的女性形象就这么生动地出现在读者面前。她受到霸占古龙河的财主阻挠，便搬来天兵天将与之大战，最终取得了胜利。可惜的是，古龙河水怎么也舀不干。银根的骨与肉早已化为红鲤鱼，血液化为古龙河水，滋润着瑶族人的土地，灌溉着瑶族人的农田，为瑶族人造福。长诗虽然以悲剧结尾，但娓生的执着与坚守令人感动，给人留下了无尽的想象空间。

　　流传在融水苗族自治县一带的苗族爱情长诗《哈迈》，彰显了苗族人民反对舅权制、追求幸福爱情的抗争精神。哈迈是天上的仙女与农夫古雅的女儿。按照舅权制规定，哈迈应嫁给天上的表兄阿角。小时候，阿角嫌弃哈迈丑，不愿娶她为妻，还想着把她杀死。但哈迈长大成人后，阿角看她十分漂亮，不顾哈迈已有爱人的事实，强行娶她为妻。哈迈被迫嫁到天上，第一次逃走被捉回，第二次父母倾家荡产凑礼金赎她，舅家却又不同意。无望之下，哈迈自缢身亡了。哈迈死后，舅家还将她的尸身分成两半，一半埋在天上，一半埋在地下。后来埋在天上的一半化为云朵，埋在地下的一半变为泉水。哈迈的经历控诉了苗族社会中舅权制对青年男女的迫害，导致恋爱不自由、婚姻不自由，造成了很多人间

悲剧。因为舅权制的蛮横，纯洁、善良的哈迈死后还要身首异处。这禁锢人性的舅权制何时能够消失呢？长诗借哈迈的故事，传达了青年男女渴望冲破传统舅权制的心声，故而被人们世代传唱。

在三江侗族自治县及周边地区搜集到的侗族叙事长诗《金汉烈美》，由歌师张鸿干根据当地的真人真事创作，富有生活气息，还被改编成侗戏。长诗讲述的是七百贯洞的松党、松海两兄弟，虽然家里富有却没有子嗣。他们按照菩萨的指点，修桥补路，行善积德。后来，玉帝派金童投胎到松海家，取名金汉，派玉女投胎到松党家，叫作烈美。金汉和烈美长大成人后互相爱慕，但却遭到家长的反对。他们私奔来到湖南，生下了孩子。不料，金汉却移情杨艳。后来，杨艳因不能和金汉在一起而自杀，还害死了金汉。烈美痛苦不堪，她翻过高山，穿过密林，到"高圣崖安"（人死后灵魂归宿之处）寻找金汉的灵魂。

当她见到金汉时，拉住他唱道："清早起来，走到大塘，守在山坳。等了三月，遇见金汉杨艳，骑马飞天，我就赶紧拉手，叫一声亲人，你丢下我孤孤单单多可怜。今天见你约你转，孩子在家早问晚念，哭着找爸爸。"这段唱词虽只有短短几句，却充满了深切的情感，表现出烈美和家人对金汉的无限思念。金汉幡然悔悟，与烈美返回家园，阖家团圆。长诗虽然有时代的局限性，但塑造了诸多生动的人物形象，语言生动精彩，反映了侗族人民对忠贞不渝的爱情的渴望和追求，故而广受人们喜爱。

京族的长篇叙事诗《琴仙》讲述了京族特有乐器——独弦琴的由来。诗中讲述了琴仙七公主拿着龙王给的独弦琴来捉拿祸害

听歌

京族人的鲨鱼精。她一弹起独弦琴，鲨鱼精就丢下妖笛逃跑了。京族人民在欢庆胜利时，被妖笛幻化成的牛卵果醉倒了。鲨鱼精卷土重来，咬死京族人，咬断了独弦琴的琴弦，咬掉了七公主的头发。七公主若失去仙发，就会死去，但她忍痛用最后一根头发续起了琴弦。

> 琴仙心甘情愿死，誓把断弦来接好，
> 拔下最后一根发，接好断弦就死掉。

　　琴无人弹自己响，好像琴仙心还跳，

　　琴声连响整七日，棵棵槟榔满京岛。

　　独弦琴呵京家消灾避难琴，人人爱如宝中宝；

　　人人捐款九十九，把纪念琴仙的哈亭来建造。

　　琴仙死在八月初十日，京家唱哈节定在初十头；

　　男女老幼哈亭赛歌舞，琴仙恩比海深比天高。

　　就这样，七公主毅然把独弦琴留给了京族人民，并为保护京族人民献出了自己的生命。此外，京族的叙事长诗《刘平杨礼》歌颂了结拜兄弟之间的情谊。《十三哥卖鬼》则讲述了十三哥不惧怕鬼怪，敢于挑战迷信旧俗的故事，反映了时代的进步和民众的觉醒。

　　以汉族历史人物、历史事件、民间传说和古典作品为题材创作长诗，是壮族、侗族、瑶族等少数民族民间诗人的拿手好戏。这些作品的题材是经过比较严格的筛选的，一般带有反封建的色彩。为了表现本民族人民的思想感情，在创作过程中就不可能原原本本地照搬，往往会做相当大的改动，或变动部分情节，或改变人物身份，或换上壮乡风物，甚至改变原作的主题思想，只保留人名和主要情节。这方面的作品较多，流传较广的有《蔡伯喈》《梁山伯与祝英台》《董永》《文龙与肖尼》等。

　　汉族民间故事《梁山伯与祝英台》在壮族、瑶族、苗族等民族中都被改编为长诗，并根据本民族的风格做了不同程度的改动。如壮族长诗《梁山伯与祝英台》的情节是这样的：

　　木兰峒书生梁山伯到柳州读书，在怀远（今河池市宜州区）的桥头碰到一名在洗衣服的少女，双方斗了嘴，梁山伯一直追到她家去。原来这名少女是祝公远的女儿祝英台。她聪明俊俏，从小爱好读书，过目成诵。她还擅长女红，她织的壮锦，双蝶起舞，栩栩如生，桂花逼真得仿佛能闻到香味。她早就想出去读书，这下机会来了。于是她求得父母的同意，女扮男装，谎称是自己的哥哥，骗过了梁山伯，并且与梁山伯结拜为兄弟，共赴柳州读书。

　　在学堂，两人同室同铺，祝英台因怕露马脚，在床中央画了一条线，不准梁山伯越过。又借口说三年内脱衣必有大难，且"百二塔枯朋，脱斗丢下开"（意思是扣子有一百二十对，脱完天也亮了），所以从不脱衣睡觉。日久天长，梁山伯和同学们生了疑。梁山伯听说女人热气大，于是在两个人的床上各铺了一张芭蕉叶，早起看祝英台的芭蕉叶是否萎黄。祝英台等他睡熟，把叶子放到窗外，天将亮再铺好。第二天梁山伯发现祝英台床上的芭蕉叶青翠欲滴，遂不疑心了。祝英台躲过多次猜疑，但最终无法再隐瞒，决计回乡。临行时梁山伯相送，祝英台一路打比方，暗示梁山伯自己是女儿身。她先是让梁山伯去找无花果，梁山伯空手而回，祝英台唱道：

　　　　无花果树叶青青，两个果子藏树荫，
　　　　有情有意摸到果，香在喉头甜在心。

　　憨厚的梁山伯听不明白，祝英台又叫他去找红皮柚子，结果

壮族歌本

梁山伯仍空手而归，祝英台又唱道：

> 红皮柚子长树丫，有情有意伸手拿，
> 有情有意剖开看，剥去红皮现红花。

两人来到河边，祝英台又以船为题，唱了一首山歌：

> 一枝芙蓉站岸边，河里漂来一只船，
> 有心摘花船靠岸，哪曾见过岸靠船？

可梁山伯还是不明白，祝英台只好委婉地说："我家那个聪明的妹妹尚未嫁人，你快点来提亲吧！"梁山伯说："恐怕我配不上她。"祝英台说："你回去看砚台下留的诗吧！"

梁山伯回去一看，只见诗中写道：

> 当年洗衣在河边，情哥骑马过村前，
> 三句鹅歌掀水浪，一言续句两情牵。
> 无花果熟留哥要，红皮柚子留哥连。
> 项鸡脸红将生蛋，少女红唇想结缘，
> 情哥不是痴呆子，赶快请媒缔良缘。

梁山伯明白过来，便向老师请了假，赶到祝英台家，但她已被镇安府土官马文才强行下聘了。梁山伯悲愤欲绝，回家后不久便病亡了，家人按他生前的愿望将他葬在马祝两家之间的路旁。

迎娶那天，祝英台路过墓旁，决心殉情。她下了轿，哭倒在墓前。忽然电闪雷鸣，天昏地暗，在祝英台"有灵请开坟墓盖"的哭喊声中，坟头裂开，祝英台一跃而入，随从慌忙去救，只扯卜两片衣角，随后衣角便化为双蝶飞走了。

后来马文才也被气死了，阎王判他成个"掩脸虫"。另外一个版本则说梁山伯和祝英台变成了两颗星星，即通常说的牵牛星和织女星，在离他们很远的地方有一颗忽明忽暗的小星星，便是要死不活的马文才，他永远也追不上牵牛星和织女星了。

这是壮族生活化了的《梁山伯与祝英台》，它改变了人物的

民族、籍贯和读书地点，改变了祝英台的身份（由原来的小姐变成劳动妇女），也对情节做了不少改动。例如祝英台穿的衣服有一百二十对扣子，这显然是西南少数民族的服装；用芭蕉叶来试验，是因为壮乡盛产芭蕉；用柚子来做比喻，是因为壮乡盛产柚子。最大的改变其实是主题的变更。在原来的故事里，梁山伯"告其父母求聘"，而"祝已字马氏子矣"，"祝适马氏，舟过墓所，风涛不能进。问知有山伯墓，祝登号恸。地忽自裂，陷祝氏，遂并埋焉"。这里写的是地自裂，祝英台掉下去了，而不是她跳进去的。到了壮族民间传说里，变成了祝英台主动钻进裂缝，衣角化而为蝶，强化了反对封建婚姻的意识。壮族化的长诗虽然保留了原有的情节，但主题明显变成了揭露土官的残暴统治和无耻行径。诗中借土官的话"我土官家就是土皇帝，喊声地动，讲话铁钉"，体现了土官的专横。而祝公远是反对马文才下聘的，这与原故事中祝公远讲究门当户对、八字已合不得反悔的封建婚姻观念显然是不同的。

　　可见，壮族及其他民族之所以改编了那么多版本《梁山伯与祝英台》的长诗，其意不光是反封建婚姻，更主要是反土官统治。这部长诗的社会意义与人民性是非常明显的。又如，流传在罗城仫佬族自治县一带的仫佬族"古条歌"《孟姜女与范郎》，把汉族的民间故事《孟姜女》改编成了七言四句歌的形式，对人物与情节都进行了民族化、本土化的改编，范郎成为种田人，而孟姜女则是藕塘边浣纱的女子，更符合仫佬族人民的审美。这首长诗多在婚礼上演唱，其中表达爱情的歌词很多，如"望夫一年又一年，望夫望得两眼穿；人家过得成双对，丈夫同我各一方"，"自古流传到如今，世上贤女有几人？留个好名后人唱，万古流传世上人"。这篇以爱情为主题的长诗赞颂忠贞不渝的恋人，表达对新婚夫妻白头偕老的祝福和期盼。

　　这类改编自汉族民间传说的叙事长诗，不仅促进了广西各族人民之间的文化交流，增进了彼此的理解与认同，夯实了共同建设八桂家园的思想基础，而且对各民族之间维系长期友好的关系起到了重要的作用。

瑶族婚俗

抒情长诗：情深意切绵绵长

　　广西各族人民的抒情长诗主要通过歌唱的形式来充分表达演唱者的情绪变化、思想起伏，抒发其多重情感，体现出他们对生活的热爱、困惑等复杂的心理活动。抒情诗以抒情见长，但不是完全没有叙事，抒情诗中亦夹杂着一些叙事情节。抒情长诗中比较有名的有壮族的《达备之歌》《达稳之歌》《特华之歌》、汉族的《家信歌》《双寡心》《寡妇叹五更》、瑶族的"信歌"等。

　　壮族《达稳之歌》的作者是达稳本人。她18岁时被迫嫁给一个傻子，而且经常受到公婆的虐待。她不甘受摧残，决心逃跑。但又被抓回来，受到更加残酷的虐待。在走投无路的情况下，她决定上吊自杀，结束自己痛苦的一生。《达稳之歌》是达稳临死前的绝命歌，属于勒脚体长歌，开头唱道：

　　　　　　　每日凄凉受气

　　　　　　　我这一生无望

　　　　　　　写下几句山歌

　　　　　　告诉人们世界的真面目

> 像我达稳这样的女子
>
> 做人世不容
>
> …………
>
> 我如果死去而无遗言
>
> 同伴还到哪里去见我的面呢

这短短的开头几句，已然能够让人们深深感受到她的绝望。

接着，作者叙述了自己本是热爱生活的人，却受尽公婆的虐待和丈夫的打骂，无处容身，陷入绝境，不得不走上自绝之路。

> 往前——上夫家，——受公婆白眼
>
> 回头——回娘家——挨父母骂
>
> 卑贱如一个乞丐
>
> 我好像是一个受雷劈的"罪人"

她对自己就这样结束一生感到无限的悲痛。她留恋村庄，留恋同伴，留恋父母，留恋亲戚，却又不能不死去。她想象自己死后，白骨被丢弃在荒野，坟上飘着白色的幡旗，感到万分凄凉。在诗的第十五节，她愤怒地把矛头指向了造成这种痛苦的社会，发问道：我也是父母所生，为什么不能跟别人一样走完人生之路？这首震撼人心的绝命歌，是对封建婚姻制度的一张控诉状，也是对旧社会残酷现实的声讨，是一篇犀利的檄文。读后催人泪下，使人愤怒，叫人悲哀，令人难忘。现实中，达稳死于1884年，

年仅 21 岁，她留下了这首以血泪写成的长诗，使人从作者的哭诉中听到了反抗的声音，发人深省。

　　流传在广西宾阳县一带的汉族长诗《家信歌》，是妻子写给许久未归家的丈夫的一封"信"。丈夫外出谋生，妻子在家想念丈夫，无处倾诉，只能以"信"的形式表达思夫之情。此歌多在民间传唱。这首长诗里说，听闻丈夫挑担前往东兰而没回家，妻子万分着急：

> 为妻听闻心焦急，
>
> 魂魄飘游共你行。
>
> 妻有哪门得罪你？
>
> 今日因何心事生？
>
> 纸包灯草我疼你，
>
> 圩中买靛爱青蓝。
>
> 不是亲妻谁讲你？
>
> 若是外人我当闲。
>
> ……………
>
> 夫呀夫！难上难！
>
> 肥田丢荒无人耕。
>
> 家有双亲不服侍，
>
> 鸭母屙蛋浪荡生。
>
> 逢年过节人欢乐，
>
> 唯有你妻泪纵横。
>
> 自打出门你无信，

银钱不见寄分文。

靛缸染布你贪蓝（懒）。

先日与夫发盟誓，

烧香许愿在神坛。

你边烧香我边拜，

膝头落地表年庚。

我是丙寅年廿一

你是甲子年廿三。

口咬指头写血字，

白布血书记心间。

心想凭夫得欢乐，

谁知丢我落深潭！

不见你归我想死，

死了又怕你孤单。

鸿雁传书到你处，

打马转头快回还！

八桂各民族的抒情长诗表达了人们对生活的理解与感悟，抒发了个人丰富的情感，带有个人文学创作的倾向。由于其中细腻的情感极易得到听众的共鸣，故在民间传唱不衰。

历史与伦理长诗：谆谆教诲世代传

　　历史与伦理长诗主要论述我国与各民族历史上曾发生的事件，阐述人们的历史观与是非观，探讨人们在社会上约定俗成、大浪淘沙传承下来的伦理道德观念等，虽不以叙述个人故事或抒发自身的情感为主，但也带有主观想象和情感倾向。

　　这类长诗中有一部分叙述的是我国某个时期的历史，夹杂着人们的观点，但主要还是叙述历史。还有一部分主要记录与弘扬民族历史。这些诗与故事诗又有区别，一般没有主角和曲折的情节描写，即使有主角也是粗粗几笔，主要是平铺直叙。属于这一类的长诗有壮族的《龙胜壮族历史传说歌》《从光绪到民国》《唱中国历史》《自明朝至民国史歌》《中法战争史歌》、瑶族的《桃源峒歌》《梅山峒歌》《千家峒歌》《来历歌》《根底歌》《历史故事歌》、苗族的《龙乌支离》、仫佬族的《八寨赵金龙》、水族的《调布控》等。

　　流传在广西龙州、宁明一带的壮族历史长诗《中法战争史歌》有一百多行，采用了壮族歌谣腰脚韵的形式，它根据壮族人民曾参与、经历的一些战争史实创作而成，具有一定的史料价值，反映了壮族人民对战争的态度和爱国爱家的高尚情怀。

刘二大人心气愤，

才和他们硬对硬。

丁勇个个摩拳掌，

双方拉起刀和枪。

老番凭得枪炮好，

刘二凭得丁勇强。

铅弹好比麻绞豆，

也死丁勇也死番。

白帽蓝旗丢满地，

黑旗招展满城墙。

诗中亲切地将抗法英雄刘永福称为"刘二"，再现了他和冯子材率领黑旗军抵御外敌的英勇形象，批判了清王朝的腐败和李鸿章的懦弱。长诗叙述了中法战争的起因、发展及各方力量的较量过程，概括性强，生动细腻，夹叙夹议，具有人民战争史观的立场。

八桂各民族有关抗日战争、解放战争的长诗也不少，诗中歌颂了人民英雄，鞭笞了逆历史潮流而动的各色人等。例如壮族的《拔哥山歌》，再现了韦拔群带领东兰、巴马、凤山等地壮族、瑶族人民反抗压迫的情景。其中一首为《齐起来联络》：

齐起来联络，

腰间插驳壳；

赶贼出东兰，
再建我山河。

龚匪来烧房，
高山当住所；
齐起来联络，
腰间插驳壳。

兄弟莫忧虑，
共产党掌舵；
赶贼出东兰，
再建我山河。

　　瑶族盘瑶支系流传的《千家峒歌》共 32 段，128 行。它描绘了瑶族先民在千家峒度过的美好生活，并讲述了他们从千家峒分离而出，迁徙各地的历史记忆：

千家峒口雾腾腾，十二姓瑶人立寨村；
定居起屋开田地，从头开山种阳春。
…………
冯姓兄弟进峒来，西峒峒中把田开；
开耕播种阳春好，老少乐得笑开怀。
…………

> 黄姓兄弟进峒来，半种青山半种田；
>
> 山好水好田更好，老少欢乐过丰年。
>
> ············
>
> 邓姓弟兄住峒间，一份青山两分田；
>
> 大峒宽广田好种，冬收五谷大丰登。
>
> ············
>
> 李姓弟兄住西峒，重山岭下好田庄；
>
> 阳春茂盛山有宝，不愁吃用心里欢。

千家峒是瑶族人的世外桃源，却遭到封建王朝官兵的武力霸占，使得瑶族人流离失所：

> 京差进峒要官粮，蒋大官人发大兵；
>
> 老少商量应变计，退出千家外山行。
>
> ············
>
> 日也走来夜也行，走过千江万重岭；
>
> 来到广东乐昌府，朱基巷地又落根。

千家峒是否是历史上真实存在的地方、具体在哪个位置还存在很多争议，但瑶族人民笃信它就是瑶族人的故乡，还曾经有瑶族人自发进行多次寻找。直至今日，关于千家峒的传说依然扎根于瑶族人民的心中，并成为激励他们开拓未来、维系民族团结与情感的重要内容。

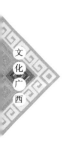

　　大苗山一带苗族人民世代传颂的《龙乌支离》，讲述祖先从井海扬（据传为香港）一地出发，经过珠江、西江和柳江，最后来到了大苗山定居的历史。

　　不同于历史长诗，伦理长诗是八桂各族人民记录生活生产习俗、提倡社会公序良俗与高尚道德的重要载体，各族人民以此阐明本民族的原则、道德观和价值观等，传承给后辈知晓并遵守。伦理长诗是制定社会规则的重要手段，其作用是不言而喻的。其中比较有名的包括壮族的《传扬歌》、瑶族的《盘王遗训》《劝世词》、苗族的"议榔词""理词"等。

　　壮族的《传扬歌》富有哲理性，阐明了日常的深刻道理，教人如何做一个有价值、有利于社会的人。此长诗为五言勒脚歌，共175首2000余行，是迄今发现的最长的壮族伦理诗。它广泛流传于上林、忻城、马山各县，几乎尽人皆知，甚至带有民间习惯法的性质。全诗分为20个部分，论述了天下不公平、财主、官家、穷人、志气、求嗣、养育、交友、睦邻、择婿、为妻、夫妇、妯娌、分家、鳏寡、后娘等内容。诗中对上自君王、下至财主等形形色色的剥削者进行了尖锐的揭露，指出了人间的种种不平。长诗提醒人们在贫富对立的情况下，贫困而无权的百姓要随时提防财主和官家的敲诈勒索，团结起来寻求出路。诗中借用大地的高低不平隐喻人间不公平，并发出了反对的呼声：

　　　　山中石垒石，平地上无垠，
　　　　天不会盘算，地不会均分。

◎ 壮族歌本

············

人们不醒悟，天下属皇帝。
十五嫔妃满后宫，银钱烂满仓。

············

可叹众百姓，掌印是官家。
咱养猪养羊，为官添利钱。

在老百姓的眼里，官家、皇帝都不过是贪得无厌之辈。这些

壮族打铜鼓、祈丰收

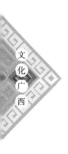
诗句揭露了统治者对人民的压迫与剥削，以及他们淫乐无度的罪行，倾诉了劳动人民的苦难。

此外，《传扬歌》还集中论述了壮族人民的传统美德，阐明了做人的道理。它教育人们要按一定的道德标准去处理好人与人之间的关系，包括邻里、亲友、父子、夫妻、兄弟、姐妹、妯娌、姑嫂、孤儿与后娘等的关系。在谈到夫妻关系时，诗中主张夫妻和睦相处、举案齐眉，说"恶狗才咬鸡，恶人才打妻"，主张：

> 夫妻共条心，劳动倍殷勤，
> 苦楝变甜果，家业百样兴。

长诗说兄弟情谊如流水不断，主张"兄弟分家业，好合也好分"，而对于妯娌之间则主张：

> 兄弟分就分，妯娌莫相争，
> 公婆谁赡养，秤约要公平。

后娘与家庭中非亲生儿女的关系是社会的棘手问题，诗中谆谆教导后娘要疼爱家庭中非亲生儿女，而儿女则要把后娘当亲娘敬重：

> 后娘也是娘，肚里可撑船。
> 儿女当亲生，长大心温暖。

> 吵闹无宁日，不病也心烦，
> 后娘也是娘，肚里可撑船。
>
> 前妻弃孤儿，可怜人心酸，
> 儿女当亲生，长大心温暖。

　　诗中倡扬的这些伦理道德观念，对社会的和谐发展、家庭安宁都有重要的指导作用，直至今日仍具有高度的教育意义。

　　《传扬歌》还谆谆教导年轻人要秉持勤劳、正直、谦恭、诚实等美德，反对懒惰、赌博、偷盗、欺骗等行为。诗中高度重视勤劳的品质，如"说千言万语，勤劳是头条"，"不怕风雨狂，够吃靠勤劳"，并教导年轻人应当怎样劳动：

> 正月立新春，农夫睡不宁，
> 每日斗黄土，最怕无心人。
> ………………
> 正月到二月，喝牛耕瘦田，
> 早种禾苗壮，晚种草遮天。
>
> 十月寒冬到，入山垦新荒，
> 正月到二月，喝牛耕瘦田。
>
> 懒汉禾苗稀，过路人人嫌，

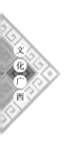

早种禾苗壮，晚种草遮天。

诗中还提倡年轻人要牢记父母恩德：

莫忘父母恩，辛苦养成人，
儿孝敬双老，邻里传佳名。

娘忍饥吐哺，父挑担打工，
莫忘父母恩，辛苦养成人。

得妻弃双亲，人不如畜牲，
儿孝敬双老，邻里传佳名。

《传扬歌》中提倡的道德规范在社会上起到了极好的约束作用，它不愧是壮族劳动人民自我教育的教科书。诗中所阐发的伦理道德观，是千百年来壮族人民在实践中总结出来的成果，带有朴素的辩证唯物主义思想，它是我们在新时期进行社会主义精神文明建设时应当批判继承的一份优秀遗产，依然可以在当今的社会中发挥积极的作用。

巴马瑶族自治县瑶族布努支系世代传承的《劝世词》和壮族的《传扬歌》有异曲同工之妙。《劝世词》全诗300余行，以"和"作为长诗的道德准则，阐明当地瑶族人的风俗族规、道德观念与应具备的修养，故而受到人们推崇。诗中劝诫子孙后代要耕种、读书，劝诫夫妻要和睦相处、白头偕老，劝诫兄弟要同心同德，劝诫婆媳要善待彼此，劝诫姐妹要孝顺公婆与父母，劝诫妯娌不要挑拨兄弟矛盾，劝诫街坊邻居要彼此关爱，最后劝诫芸芸众生不做恶人、不做坏事。

> 天地相和万物生，两国相和干戈停；
> 父子相和家兴旺，弟兄相和家不分；
> 夫妻相和子孙贵，万里显扬有名声。

　　诸如此类在八桂各民族中传承的伦理道德长诗，弘扬了本民族人民推崇的各类高尚道德品质与价值观念，具有高度的社会约束与调节功能。人们在传唱和聆听这些长诗的时候，能够产生感悟，进而自我反省，追求成为更卓越的、具有高尚道德情操的人。这对于我们今天建设和谐社会、提高个人素质修养仍有着重要的参考价值。

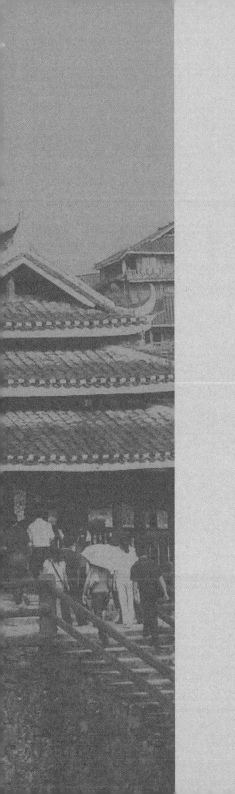

耐人寻味的口传历史：

民间传说

　　广西民间传说是各族劳动人民的口头叙事文学，是人民口传的"史""志"，具有十分丰厚的民族历史以及地域、民俗文化内涵。这些传说题材多样，内容广泛，通常与广西特定的历史人物和事件、地方和山水、风俗和习惯有关。它反映了广西各族人民的历史、情感、理想、愿望、美学情趣与文化心态，寄寓了他们的世界观、人生观和价值观。它既是人民群众对广泛的社会生活内容进行合理艺术创作的体现，也是他们心中理想社会模样的折射。这些传说蕴含了深刻的社会内容，极具地方特色，充满民族性的遐想，时而优美生动，时而华彩壮丽，时而浪漫柔情，有着令人着迷的艺术魅力。

　　广西民间传说按内容可分为人物传说、地域山水传说、习俗传说三类。人物传说体现着八桂人民的历史观和艺术观，是最能反映广西历史风貌的民间文学作品；地域山水传说为八桂风光增添了扣人心弦的口头艺术，是广西民众对自然的理解和与自然和谐相处之道的呈现；习俗传说则是依托广西民间风俗，以艺术的形式为当地某一特定风俗仪式化的行为提供意义或根据，为地域风俗注入了蓬勃的生命力。

人物传说：扑朔迷离的英雄事迹

　　人物传说是人民口头文学创作中有关历史人物与事件的作品。民众以历史为蓝本，在其基础上进行合情合理的，符合历史规律、人物性格的艺术想象和加工，饱含浪漫主义色彩，有较强的可信度和可传性。流传于八桂大地的人物传说，人物性格鲜明、各有风采，情节跌宕起伏，充满戏剧张力，富有传奇色彩，充分展示了当时当地的历史人物风貌和民族精神。

　　在广西壮族、汉族等民族中广泛流传着刘三姐（妹）的传说。传说中的刘三姐不但相貌姣好，歌声赛过黄鹂鸟，还热心助人，有神力。她的形象是以历史上千百个优秀女性为基础塑造而成的，体现了八桂女性特有的智慧、才气，表达了她们追求自由、爱情与天下合理公平的理想。尤其在壮族民众之中，刘三姐形象丰满，她的传说几乎是家喻户晓。在壮乡，很多地方的人都说刘三姐是他们的家乡人，体现了壮族人民对刘三姐的喜爱。在宜州一带的壮族民间传说中，刘三姐是一位非常聪明、勤劳、能干的姑娘，能种地和砍柴，她的哥哥也比不上她。她还歌才出众，出口成章，歌圩上无人能敌。相传有一天，从广东来了三位秀才，他们到中

砚村找刘三姐对歌。当时刘三姐正在河边洗衣服，双方对起歌来，没几个回合，对方就被问得张口结舌、无地自容，其中两个秀才便投河自尽了。还有一个逃到柳州，刘三姐也跟了去，两人在鲤鱼峰的鲤鱼岩上继续对歌，最后两人都成仙了。在这个民间传说的基础上，才有了蜚声海内外的电影——《刘三姐》。壮族的刘三姐形象是对壮族劳动妇女形象的生动概括。

　　有的人物传说是以真实人物为基础，并对人物能力进行神化，寄托人民能改变自然、追求美好生活的愿望。例如，传说三界公是毛南族地区管辖范围最宽、法力最大的一位神灵，也是毛南族最信仰和崇敬的一位善神，他被毛南族人视为圈养菜牛的鼻祖。每到本民族特有的祈神保佑丰收的传统节日——五月庙节（又叫"分龙节"），毛南族民众都会齐聚于当地的三界庙举行祭祀仪式，以感谢三界的功德。据史书记载，三界确有其人，清道光二十六年（1846 年）《龙胜厅志》中说："三界神，姓冯，讳克利，明景泰（1450—1157）时粤西贵县（贵港市）人也。"河池环江毛南族自治县的传说《三界公养菜牛》里说道："毛南人爱养菜牛，爱吃菜牛肉，也爱唱赞颂三界养菜牛的歌。"毛南族地区有"菜牛之乡"的美誉，与三界不无关系。相传三界幼时父母双逝，靠帮乡邻看护牛群为生。他像爱护自己的亲人一样呵护着牛群，牛群也十分听从他的指挥，从未走失。这天，三界驱赶牛群来到一个叫百草垌的地方，发现这里的水草十分丰美，于是他照常把牛群圈定后，就上山砍柴。在山上，他见一处山洞闪着白光，走进去一看，八位仙人正在两两对弈。三界看仙人们下棋入了迷，忘记

刘三姐

下山，八位仙人认为他有仙缘，便邀请他吃蟠桃、回仙山。三界惦记山下的牛群，便向仙人告别回到了百草峒。三界回到百草峒，发现原本放养在那里的数十头瘦牛生出很多头小肥牛。这些小肥牛吃了百草峒独有的莎树叶和竹叶草，长得好、繁殖得快。三界把莎树种和竹叶草籽带回村里，教会村民种树养草，制作饲料喂养牛群，并搭建牛舍，避免牛群被虎狼伤害。日久天长，毛南族地区家家户户都养起了牛，全是养牛高手。有关三界公的传说不但在毛南族中盛行，在广西的汉族、壮族、瑶族、仡佬族中也广泛流传。虽然不同的民族对三界公有着不同的诠释，比如汉族的

三界公能通阴阳、消灾解难，壮族的三界公力大无穷、有起死回生之术，仡佬族的三界公精通医术、救死扶伤，但无一例外都是行善举、帮老百姓分忧解难的形象，反映出人们祈求人畜平安、丰产富足、无病无灾的实际需要。

　　有的英雄是民族特性和品质具象化的表现，他们常以超自然的身份或得神助力的方式出现。在桂西北南丹县一带的传说里，壮族英雄莫一大王一出生，头上就长有六双眼睛，手臂粗壮、腰腿结实。他天生神力，可以肩扛两头千斤重的黄牛，轻松地跨巨石、越高山，也可以轻易地用伞尖把阻截流水的高山戳出一个大洞，调水以解干旱。他因官兵肆意残杀手无寸铁的百姓而愤怒，抓起几百斤重的大刀，以一人之力就把洗劫村寨的官兵杀得尸横遍野，落荒而逃。他勇斗十二条为祸乡里的巨龙，一挥刀就削掉巨龙的长角，一伸手就抓脱巨龙的鳞片。他用包头巾捆住巨龙的颈脖，双手用力一扯，就把十二条巨龙扯倒在地。他脚踩龙头，手握宝剑，大声喝问巨龙："你们要死还是要活？"十二条巨龙纷纷讨饶，并向莫一大王保证日后不再为非作歹、行凶作恶，并且保证四季风调雨顺、天平地安，莫一大王这才放了它们。在广西河池一带，关于莫一大王还有另一种说法。相传莫一大王的父亲被昏庸的皇帝杀害后，化作一头神牛，并赐予莫一大王神力。莫一大王不但神力非凡，而且机智聪慧。莫一大王的事迹传到了皇帝那里，皇帝忌惮他的神力，于是下令让他上贡人皮用来建造宫殿，不然就杀他灭口。莫一大王与乡亲们商议后，找来一百名年轻小伙，让他们吃下放满辣椒的玉米粥，直到这些小伙全身冒出比花生还大的汗珠后，再带他们去觐见皇帝。莫一大王以人皮容易漏水、不适合用于建造宫殿为借口，打消了皇帝借机杀人的念头，解决了自己的困境，还挽救了许多百姓的性命。

　　在罗城仫佬族自治县流传最广、影响最大的仫佬族英雄——稼的传说中，稼的父亲被冬头（大宗族的族长）迫害致死，骸骨被扔进村里的犀牛潭中。稼的母亲怀胎三年零六个月后，才把稼生下来。他的名字是冬头取的，在仫佬语里是"野崽"的意思。稼长大后潜到潭底找寻父亲的骸骨，途中遇到一头犀牛，它是由稼父亲的骸骨变化而成。犀牛告诉稼，它的身上有三根金毛，让

莫氏土司府

稼把其中一根放进家里的米缸中，米缸里的米就永远都吃不完。稼依言照做，还把金毛绕在竹鞭上做成了神鞭。他用神鞭赶牛，牛听话吃草，用神鞭赶山，山石四散变平地良田。冬头得知后派人抢夺神鞭，稼缠斗不过，只能把神鞭折断扔进火中烧毁。冬头强占稼赶山空出的平地，稼去衙门状告冬头，反遭毒打。稼无可奈何，再次向犀牛求助，犀牛就给了他第二根金毛。稼用这根金毛复活了自己画的三脚马，这匹马大闹京城，皇帝不胜其扰，最后贴出了"只要抓住三脚马，就让位十春"的皇榜。稼赶到京城，骑上三脚马，拉弓射箭在皇榜的"十"字上头加了一撇变成"千"字，"十"春转眼成了"千"春。皇帝大怒，派人捉拿并斩杀稼，稼骑马躲过追兵逃回家乡，天天习武射箭准备造反。稼又用金毛做成长弓弦，射出三支响箭，分别射到了皇城门上、皇宫房顶上、皇冠上。皇帝得知稼有谋反意图，于是发兵讨伐稼。稼没有兵马抵抗皇帝的军队，犀牛便给了稼最后一根金毛，告诉他用金毛沾水往九万九千九百九十九个草兵上洒，就可以点草成兵。冬头向皇帝献计说金毛怕火，皇帝便火烧草兵，近十万草兵被烧成了灰烬。后来稼独自同大军厮杀了三天三夜，三脚马在厮杀中战死，尸身化作了白马山，最终稼也被皇帝设计斩杀。

有的英雄则是历史真实人物的再现，人民群众基于崇拜，对其形象进行了加工和美化，充满瑰丽的想象和大胆、夸张、浓烈的神话色彩。在广西东南部桂平市瑶族的传说中，瑶族领袖侯大苟为民起义的举动是得到上天庇佑的。侯大苟看不惯官家、财主对本就生活艰难的乡亲们逼粮追租，抢起柴刀带领乡亲们进行反抗。他摘下两片从大石壁长出来的长尖闪亮的茅草叶，大手一挥，朝北方投掷出去。这两片叶子立即变成两把锋利的长剑，飞入皇城，直穿正在洗漱的明朝皇帝的发髻，插到了宫殿里的墙壁上。皇帝调查飞剑来源后，得知侯大苟已经起兵造反，立即集结军队来到大藤峡（今桂平市黔江下游的一段峡谷）攻打他。大藤峡的石头幻化成石鸡、石狗、石锣、石鼓给侯大苟站岗、放哨，只要皇帝的军队发起进攻，这些石鸡、石狗、石锣、石鼓就会打鸣、吼叫、响锣、鸣鼓以示警。无论是明打还是暗袭，皇帝的军队最终都大败而归。皇帝十分气恼，派遣更多的兵马镇压侯大苟和起义军。大藤峡的石鸡、石狗见状，立即发出惊天动地的叫声，掀起了万千波浪，把皇帝的兵马全部冲走了。历史上，侯大苟领导的瑶族起义军曾狠狠地打击了明王朝的统治，一度使明军闻风丧胆。侯大苟的传说生动再现了瑶族民众抗霸除恶、反对封建剥削和压迫的斗争历程，是瑶族民众大无畏精神的体现。

　　明初侗族农民起义领袖吴勉的传说在柳州市三江侗族自治县的侗族民众中广为流传。传说吴勉孝顺礼貌，少时为了让母亲吃上酸汤煮的新鲜鱼冻，不畏冬日刺骨严寒，横躺在河里阻隔流水，让母亲抓到河里的鱼虾做鱼冻。他为人正直、讲义气，青年时，他不忍见贫苦大众被官府欺压，就组织人们奋起反抗。吴勉的父亲因官府设计陷害被残忍杀害，他一不做二不休，做了三支神箭，刻上自己的名字，射杀皇帝为父亲报仇。虽然射箭时因天色过早被人发现，让皇帝躲过射杀，但三支神箭齐刷刷地钉在了龙椅上，让皇帝和满朝文武百官心惊胆战。他有挥鞭赶山、赶石

成物的神技，即便皇帝派遣军队南征讨伐，吴勉也可以赶山开路、
修筑堤坝、积蓄江水，制造洪水淹死皇帝的军队。他和侗族少女
白惹共结连理，并肩作战，与起义军一起在深山安营扎寨。他们
改河为田、建造鱼塘、种粮养猪，军力大增。皇帝无计可施，只
能暗中安排细作到寨里投毒，除了吴勉家的猪还活着之外，寨中

◎　伏波将军雕像

伏波山剑砍石柱

其他人养的猪都被毒死了。吴勉把自家喂猪的潲水灌入死猪口中，使死猪复活，顿时起义军士气高涨。虽然吴勉和起义军最后被明太祖朱元璋的三十万大军镇压，最终起义失败，但侗族人民并不相信吴勉这样的英雄会死。只要英雄不死，英雄的精神就不死，吴勉在传说中得到了永生。

桂林市的伏波山与东汉名将马援有关。马援将军一箭射穿三山和剑砍石柱的传说在当地各民族中流传甚广。据说，东汉时期有一个南方小国，它觊觎中原大地丰富的水土资源，于是往北出兵。东汉光武帝派遣马援将军带兵镇压，大军来到桂林安营扎寨。小国的国王听说过马援将军的威名，吓得赶紧派出使臣到桂林查探军情。马援将军亲自把使臣接到行辕，以礼相待，并陪同使臣游览桂林的伏波山。使臣见马援身为一国大将，须发花白、年近古稀，以为汉王朝无人可用，心中看轻，于是言语间多有冒犯。马援将军察觉使臣心思，当他们来到伏波山的还珠洞时，马援将军突然抽出宝剑，朝洞内一根石柱的根部砍去，"咔嚓"一声，石柱应声而断，分为两半。使臣大惊失色，感叹连一个白头老翁都有如此神力，汉王朝的实力不可小觑，当即表示双方议和。马援将军同意议和，要求使臣把军队退至一箭之地。使臣心想一箭的距离能有多远，于是欣然答应。马援将军来到伏波山顶张弓挽箭，一箭射出，劈风斩石千里不停，穿过三座大山的中心，留下一个个大洞，箭飞至千里之外。这一箭把使臣吓退回国，不久后，南方小国从边境撤兵，从此不敢来犯。

马援将军也被称作"伏波将军"，伏波者，船涉江海，欲使波浪之伏息。他从海上出兵，打败交趾大军，拓展北部湾海上航线的英雄事迹传遍八桂大地。从南至北，用以祭祀马援将军的伏波庙就有不下十座。人们相信马援将军有神力，能护佑他们出行平安。有些伏波庙建在河岸上，往来船只只要经过伏波庙，就会燃放爆竹，在船头支起长香，虔诚地向马援神像遥遥叩拜。马援将军的家人连带被神化，比如马援的妻子葛氏被尊为送子娘娘，许多婚后久不育的妇女常向其燃香求子；马援的儿子被奉为财神，人们知道他好狗，便以狗敬拜以求财运亨通。

广西各民族历史传说或多或少都有本民族历史的影子，从本质上反映出各族人民对历史人物和事件的认识和评价。这些传说是对各民族优秀的历史人物与想象中的民族英雄的颂扬，是各族民众对自身历史的记忆与肯定，体现出民众追求的理想信念与价值观。有的民族英雄在多个民族之间共享，比如善神三界公是汉族、壮族、瑶族、仡佬族共通的神，清代廉吏陈宏谋为金秀汉族、壮族、瑶族的共同信仰，他们都是各民族关系和谐发展的见证。

地域山水传说：风景蕴藏的往事

地域山水传说多与名川大山、河流湖泊、名胜古迹、园林地名等有关，地域特色浓郁。从这些传说中可以领略到当地独有的山水风光、自然景物、人文奇观，可以说，地域山水传说描绘了一幅幅生动且富有民族特色的自然画面。广西各民族的地域山水传说里蕴含了对广西喀斯特地貌特点的描述，如《七星岩》《老人山》《三岛传说》《大明山的由来》《凤凰姑娘和凤凰山》的传说中对广西的奇峰怪石、海域小岛有形象的描述，充满对其成因神奇的想象；蕴含了对壮乡风土建筑、文化风貌特色的描述，如《飞来石和三将军》《花山崖壁画》《风雨桥的传说》中对这些景观的由来展开了美好的联想，饱含地域性的思想内涵和艺术色彩。

闻名天下的桂林山水有着许多奇异非凡的传说，为广西多民族人民所共享。近代著名诗人吴迈曾赋诗："桂林山水甲天下，阳朔堪称甲桂林。群峰倒影山浮水，无山无水不入神。"比如《七星岩》传说，讲述桂林有个府台老爷想让儿子在科举考试中一举夺魁，便听从一个老学士的意见，在全州府举行考试，以考察自

七星岩奇观

家儿子的学识水平。结果他的儿子只考到了全州府的第八名，前七名都是东郊村屯平常人家的孩子。府台老爷很是生气，心生歹计，派出七名衙役以不敬尊长为由把前七名考生的家查抄了，不但没收了他们的书册和笔墨纸砚，还断了他们的生计。七名考生无法消解心中郁闷，相约进城散心，路上偶遇一位白头老翁推车上坡，他们便上前帮忙扶车。白头老翁感谢七名考生的帮助，便

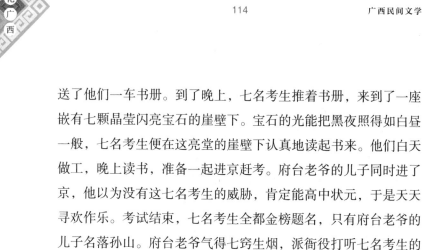

送了他们一车书册。到了晚上，七名考生推着书册，来到了一座嵌有七颗晶莹闪亮宝石的崖壁下。宝石的光能把黑夜照得如白昼一般，七名考生便在这亮堂的崖壁下认真地读起书来。他们白天做工，晚上读书，准备一起进京赶考。府台老爷的儿子同时进了京，他以为没有这七名考生的威胁，肯定能高中状元，于是天天寻欢作乐。考试结束，七名考生全都金榜题名，只有府台老爷的儿子名落孙山。府台老爷气得七窍生烟，派衙役打听七名考生的备考经过，得知崖壁有七颗如夜明珠般的宝石后，又起了贪念。他让衙役爬上崖壁取下宝石未果，就亲自动手。他抢起石锤握紧凿子，使出全身力气砸向七颗宝石。七颗宝石"砰"的一声四散炸开，把府台老爷和衙役炸得血肉横飞。最后崖壁上只留下七颗宝石的嵌洞，这就是传说中七星岩的由来。

桂林《老人山》的传说讲的是东海龙宫三公主的故事。传说三公主在去南海参拜观音菩萨的途中，看见修建长城的百姓劳苦不堪，形容枯槁，心中不忍。她向观音菩萨请教是否有解救这些百姓的方法，观音菩萨感念三公主的善念，给了她一枝带有法力的柳枝，让她把南海的石山赶去修筑长城。观音菩萨再三叮嘱三公主，在赶山途中不能同凡人说话，否则法力失效。三公主来到南海海面上，把手中的柳枝一挥，海里的石头瞬间变成了马、骆驼、大象、仙鹤、锦鸡等飞禽走兽，浩浩荡荡地跟着三公主踏上了前去修筑长城的路。走了三天三夜，三公主来到河边，想洗把脸再上路，可石头动物们却越跑越快。三公主心急如焚，只好开口向路旁一位老人家求助。这时，正在奔跑的石头动物们突然全都静止不动，变成了石头山。三公主这才想起观音菩萨的嘱咐，十分懊恼。她请老人家看顾这些石山，老人家答应了，一直守在这些石山旁。天长日久，老人家也变成了一座石山，等待着三公主回来。这就是传说中桂林老人山的由来。

广西中部大明山东麓有上林县壮族《大明山的由来》的传说。传说壮族先民生活困苦，他们白天要给土司做工，晚上还要摸黑耕种自己的田地。一个银须白发的老翁告诉壮族先民，西边有一条大龙，口中含有一颗可以照亮黑夜的明珠，只要把大龙抓来，壮民们就再也不用摸黑劳作了。有位叫大明的姑娘自告奋勇去抓大龙。她带着乡亲们给的三斗米、三支钢箭、一把长剑、一条长一百二十丈的绳子和三十六双草鞋就上路了。大明越过高山、蹚过大河、穿烂了三十六双草鞋才来到大龙所在的山谷。她用钢箭射杀了守在谷口的三只猛虎，拔出长剑把看谷巨蛇砍成了九节，自己也身受重伤。她忍痛走进大龙所在的山洞中，用绳子捆住了大龙的脖颈，把它拖出了山洞。在把大龙带回家的过程中，大龙挣脱了绳子，爬上了一棵房子般粗壮的大树。大明用长剑砍树，连砍了四十九天，才把大树砍倒。她重新把大龙捆绑起来，历尽千辛万苦终于回到家中。因为又饿又累，加上身负重伤，大明晕厥过去，大龙再一次挣脱绳子逃走。大明被乡亲们救醒后，连忙起身，想追赶大龙，但身体虚弱，怎么也迈不开双腿。大明气急攻心，就这样气死了。后来她的身躯化成了高山，乡亲们为了纪念她，就把这座山命名为大明山。

广西东兴市京族的《三岛传说》说的是镇海大王大战蜈蚣精

的故事。传说京族聚居地白龙岭有个很深的石洞，洞中住着一条体型巨大的蜈蚣精，只要过往船只不给它送吃食，它就会掀起风浪把船掀翻。有位好心的神仙看不惯蜈蚣精伤人性命，就变成一个乞丐，背着一个几十斤重的大南瓜随渔船出海。渔船老板在经过蜈蚣精洞口时，见蜈蚣精从洞里游出，想把乞丐推进海里喂蜈蚣精。乞丐察觉了渔船老板的意图，制止了他，还让他帮忙把南瓜烤得火热滚烫，等到蜈蚣精游到船边张开獠牙大口时，就把南瓜砸进蜈蚣精的口中。就这样，蜈蚣精顿时被烫得翻滚不止，大海也被它搅得波浪滔天。但不管风浪多大，渔船都能安稳地停在

京族渔民踩高跷捕鱼捞虾

海面上。渔船老板这才惊觉乞丐是神仙。蜈蚣精挣扎不久，头、身、尾分离断作三截，化为海上的三座小岛。这就是京族三岛山心岛、巫头岛、沥尾岛的来历。变成乞丐的神仙据传是镇海大王，京族人民为了纪念他的功绩，在三座岛上建立"哈亭"供奉他的神位，每到农历六月初十或八月初十就举办祭神仪式，祈祷渔业丰收。镇海大王是汉族、京族、壮族渔民共同信奉的海上保护神。

广西北部罗城仫佬族自治县一带的仫佬族流传着《凤凰姑娘和凤凰山》的传说。传说仫佬族聚居的村庄有一口四季长流的山泉，灌溉着万亩良田。山泉四周有葱绿的山林和香喷喷的花果，有一只金凤凰常常到山泉旁休憩。一条黑色的大龙十分眼红这片富饶的山水，于是趁着山洪暴发，随着流水钻入山泉水中，堵住了山泉眼。村庄没了山泉水的浇灌，稻田干涸，花果枯萎，满眼荒芜。人们聚集在枯泉边跪拜黑龙，求它从泉眼出来，放出山泉水。人们跪破膝盖，磨破手掌，黑龙都不为所动。这天一道金光闪过，金凤凰从天而降，变成一个漂亮的姑娘来到正在求水的人们身边。凤凰姑娘从头上拔下两根雪白的羽毛化为利剑。她手持利剑与黑龙激斗了三天三夜，虽然最终把黑龙打败了，但是她也被黑龙咬成了重伤。凤凰姑娘在泉水涌出的那一刻，化为一座山峰，永远守护着这片她常常流连忘返的土地。人们为了纪念凤凰姑娘，就把这座山称为凤凰山。

桂林市北部兴安县汉族中流传的《飞来石和三将军》中，灵渠堤岸上矗立的一块巨石是从四川峨眉山飞来的。相传东海龙宫的独角太子为了不让江水流向南海，便用头上的独角，把已经竣

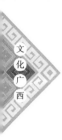

工通水的灵渠堤岸撞崩，使江水又往东海流去。灵渠崩溃后，朝廷降罪下来，负责修建灵渠的技师张师傅被顶罪杀了头。劳工们花了两年的时间，日夜不停地施工，终于把独角太子撞破的堤岸修好。在灵渠开闸放水的当天，独角太子故技重施，把堤岸再次撞破。朝廷再次降罪，技师刘师傅被推出去顶包斩首。劳工们为了修缮不断被破坏的堤岸劳累不堪，死伤无数，又不敢反抗，只能在心中默默哀叹。劳工们的长吁短叹传到了正在南游峨眉山的白鹤大仙耳朵里。白鹤大仙十分同情这些劳工，于是变成一个老汉去解救他们。白鹤大仙听了劳工们的讲述后，得知独角太子的恶行。他交给劳工们一根五寸长的香，并嘱咐只要独角太子出来捣乱，就把香点燃。新上任的技师李师傅按张师傅的设计、刘师傅的方法，同劳工们一起花了一年多的时间把灵渠修补好。这天，独角太子又开始兴风作浪，准备第三次把堤岸撞毁。劳工们点燃白鹤大仙给的香，顿时狂风大作，飞沙走石，只见一块巨石从峨眉山飞出，牢牢压住了独角太子，让它动弹不得。灵渠竣工后，秦始皇要授奖给技师李师傅，李师傅手持大刀说灵渠修好不是他一个人的功劳，说完就举刀自刎了。人们为了纪念张、刘、李三位师傅的功绩，把他们三个人合葬在灵渠旁，尊他们为"三将军"。

　　桂西南边陲崇左市宁明县壮族传说《花山崖壁画》里有一个名叫勐卡的青年，他天生神力，看见黄牛偷吃禾苗便举起巨石投掷过去，巨石滚了三四十里才停下来。他一个人能把几十个人割了一天的稻禾挑回家中，不花费半分力气。他不满皇帝暴政，想起兵造反，苦于无兵无马，于是就用纸描画兵马。这些纸兵马只

左江花山岩画

要经过一百天就可以变成活兵活马。眼看离纸兵马变活只差十几天，劢卡的母亲出于好奇，趁他不在家打开放有纸兵马的箱子查看，这一看，所有的兵马全从画纸中飞了出去，在一座山中岩洞里安营扎寨。士兵们在山洞里敲锣打鼓、弹琴唱戏，他们玩乐的声音引来了一个丢失柴刀的砍柴人。士兵们给了砍柴人一把柴刀和两斤米，砍柴人回到村寨就把这段奇遇告诉了村里人。村里一个贪心人就跑去岩洞里借士兵们的东西，借了不还，他第二次再

去借的时候，士兵们关上了岩洞的门不让他借。贪心人心生恨意，把岩洞里藏有兵马的事情告诉了皇帝。皇帝认为这些兵马会和勐卡一同造反，于是派大批军队围攻剿杀。最终因强弱悬殊，勐卡的兵马全被杀光，他们的尸身又变成了图画，印在了花山的悬崖峭壁上，成了现在的花山崖壁画。

广西龙胜各族自治县平等镇一带的侗族流传着关于风雨桥的传说。传说很久以前，侗寨深潭中盘踞着一条青龙和一条乌蟒。乌蟒天性恶劣，见侗寨姑娘银姑生得漂亮水灵，便起了歹念，化身为一个英俊青年向银姑大献殷勤。银姑看穿乌蟒的原身，便唱起了山歌讽刺它，乌蟒被数落得灰溜溜地潜回了深潭。回到深潭的乌蟒心生不甘，某天趁银姑到深潭边漂纱，以原形现身，张开血

● 程阳风雨桥

盆大口，威逼银姑就范。潭里的青龙不忍见银姑受难，化身为一名武士，举剑与乌蟒激斗并逼退了它。银姑看到人蟒互斗的景象，惊吓得赶忙跑回家中，得了重病卧床不起。青龙自从见到银姑后便对她念念不忘，它变身为一名木匠，来到侗寨为寨中百姓架设桥梁、修建鼓楼，还治好了银姑的病，因此侗寨所有人都特别喜爱他。乌蟒心生妒忌，引发山洪冲毁侗寨，寨中百姓被冲到洪水中。青龙又化身为一座长桥浮在水面上，使水中的人们得以登到高地。乌蟒就此与青龙结下了仇怨，它们决定在深潭展开决斗。侗寨百姓为了给青龙助威，在深潭两旁摆上十二面大鼓、二十四面响锣，还建了三座火炉，炉灶里熔炼无数铁板。等到青龙和乌蟒开战，人们就击鼓响锣，把烧得通红的铁块投掷到乌蟒身上。乌蟒已经被青龙打得头破血流，再被这些铁板一烫，当场毙命，像朽木一样漂浮在潭面上。青龙与乌蟒激斗过后，精疲力尽，最后化为彩虹，永远守护着侗寨。侗寨百姓为了纪念青龙的功绩，仿照青龙修架的桥梁和鼓楼，建造起一座座带有鼓楼的桥梁。人们在桥身上绘制龙纹，以祈求青龙护佑、风调雨顺。这些桥也被当地人称为"回龙桥"或"风雨桥"。

这类地域山水传说体现出了广西民众对生活的土地的热爱，对自身生活的秀美山水、灵川大地的敏锐观察力及丰富的想象力。将对土地的热爱与自己的民族文化相结合，赋予了自然万物特殊的情感与灵性，为地域山川增添了诗情画意和美好情愫，成为新时代各民族建设美好家园的重要基础。

习俗传说：民俗传统的滋养

　　习俗传说是指个人或集体的传统，传承的风尚、礼节、习性，大都关于岁时、婚丧、礼仪、居住、饮食、服饰、娱乐等民间风尚习俗。这些传说多姿多彩，从不同角度展现民族的社会生活和历史文化传统。广西各民族的习俗传说对自己传承久远的各类风俗习惯进行了解释，具有自身的文化特色，符合自身思维习惯和审美需求。

　　有的习俗传说是为了解释某种习俗的由来，反映本民族的祖先崇拜和伦理道德观念。比如，壮族有农历三月初三唱山歌的习俗，这源于"罗达传歌"的传说。传说以卖炭为生的罗达无父无母，独自一人住在一个有三间房大小、宽阔敞亮的岩洞里。这个岩洞还有小洞，仅能容一人进出，小洞口还有一棵松树遮蔽。一天夜里，罗达正在小洞中睡觉，朦胧中听到洞外传来姑娘唱歌的声音，他走到小洞口一看，原来是天上的歌仙到岩洞中举办歌会。罗达爬到洞口的松树上偷看，看得入了迷，从树上掉下来，摔成了重伤。歌仙们见罗达伤势严重，就把他带回天上医治。罗达伤好后，便向歌仙们学习歌舞。他聪明好学，很快学成并回到

了村庄。罗达把学到的歌舞悉数教给了乡亲们，因为他回到村庄的那天正好是农历三月初三，所以人们为了纪念罗达传歌的功绩，就把农历三月初三定为壮族的歌节。

流传在金秀瑶族自治县"打黄泥长鼓"的传说，讲的是瑶族先祖盘王的故事。传说盘王娶了皇帝的女儿三公主为妻，三公主生下了六个儿子和六个女儿。盘王带着六个儿子上山打猎，遇到一头受伤的大公羊。盘王悄悄潜到大公羊旁边，想抓捕公羊。公羊用羊角一挑，把盘王挑落山崖。盘王摔在了长在半山腰的德芎树（泡桐树）上，当场丧命。六个儿子找到盘王的尸体，把他带回了家。三公主看到丈夫的尸体后痛不欲生，让儿子们抓住大公羊，然后把德芎树锯成七截，制成一

彝族跳弓节

个母鼓和六个公鼓的鼓身，并将山羊皮剥下做鼓面狠狠敲打。三公主和她的儿女们用这种方式追悼盘王。为了减少敲鼓产生的噪音，他们就在鼓皮外糊上黄泥浆。久而久之，"打黄泥长鼓"这一习俗世代流传，成为瑶族重要的风俗习惯。

有的习俗传说折射出本民族反抗压迫、英勇不屈的历史，有一定的史学价值。比如彝族有个传说，很久以前，彝族经常受到外族攻击。一位彝族将领为解本族困境，便组织并率领彝族士兵进行保卫疆土的战斗。在一次战役中，他们被敌人围困在一处遮天蔽日的金竹丛林里，武器尽失，情况十分危急。彝族先祖看着漫山遍野的金竹，灵机一动，用金竹制成强弓和利箭，奋起反击，突出重围，于农历四月初十击败了敌人，取得了胜利。彝族百姓不忘金竹救命之恩，在村落的广场中央种植金竹以示纪念。他们还举行盛大的庆祝活动，敲铜鼓，吹芦笙，载歌载舞。慢慢地，这个庆祝仪式就变成了彝族一年一度的传统节日——跳弓节。

有的习俗传说展现了本民族秀美的地域风貌和丰饶的物产资源，表达了人民对生活的热爱和对乡土的眷恋。例如壮族关于五色糯米饭的传说讲的是五位仙女到壮乡做客的故事。壮民热情好客，给她们住在果树环绕、绿树成荫、鲜花簇拥的竹楼中。五位仙女住得舒适、愉快，对壮乡流连忘返。壮族人民用白色的糯米饭招待五位仙女，仙女觉得白色糯米饭过于单调，便去深山中采来枫叶、红蓝草、密蒙花等可以染色并食用的植物花草，把白色的糯米饭染成了红、黄、黑、紫四种颜色，加上白色一共有五种颜色。这五色糯米饭看着热闹灿然，吃起来口齿生香，五位仙女和壮民们十分喜欢。五色糯米饭的做法流传至今，成为壮族人民三月三时节餐桌上的必备美食。

习俗传说对于传授本民族历史文化知识、维系本民族的传统有重要意义。只有"知其然"，并且"知其所以然"，习俗才能代代相传。习俗传说又从另外一个角度反映了本民族的社会生活和思想内涵，富有思想性、趣味性和知识性，有利于促进多民族文化的彼此理解和交流。

总之，广西各民族的民间传说，是各民族文化重要的组成部分，在不同的历史时期发挥着不同的作用，对各民族的生产生活有着潜移默化的影响。有些民族的民间传说经过重构，与其他民族的历史人物事件、山川风物、风俗习惯等融合，可以唤醒共同生活在八桂大地上的民众的集体记忆，加强他们对彼此族群的认同感，推进民族共融共建。这种重构使相同的传说内容得到了更多维度和形式的呈现，成为民族文化花园中绚烂夺目的一朵奇葩。

彩色生活的棱镜：
民间故事

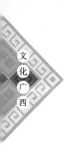
　　民间故事是八桂各族人民口耳相传的民间文学中内容最为丰富、数量最为众多的体裁。它的讲述不受时间、地点的限制，情节丰富生动，想象绚丽夸张，所塑造的人物形形色色，充分再现了社会的多彩生活，受到男女老少的追捧，是人们喜闻乐见的一种民间文学形式。民间故事内容涉猎广泛，主要包括各类生活故事、机智人物故事和儿童故事等。

　　在一个个逸兴遄飞、妙趣无限的民间故事里，八桂人民融入了自己对世界的看法与对生活的积极态度，歌颂了真善美，批判了假恶丑。他们在民间故事里汲取了知识的力量、生存的勇气与生活的智慧，以更睿智的方式来看待人类社会。八桂各民族长期相互交往，这使得他们的民间故事在人物、情节等方面都有互相借鉴的情况，甚至还生发出更符合各自民族审美的新故事，使得八桂的民间故事更为丰富和精彩。

生活故事：奇幻有趣的心灵遐想

生活故事涉及八桂人民日常生活的方方面面，人们给生活的素材插上了想象的翅膀，创造出各种有趣的、反映生活的故事，从中获得知识的启迪，并通过这些故事阐述审美的感悟，表达对生活的态度与美好的希冀。常见的生活故事包括爱情故事、人与自然斗争的故事、人类社会矛盾斗争的故事、奇异历险故事及教育故事等。

追求纯真的爱情是人类的共性，在广西各民族民间故事中，爱情故事的数量较多，有的歌颂男女之间纯洁的爱情，有的赞扬情侣对爱情的忠贞，有的批判情人的三心二意，有的唾弃负心人。爱情故事阐述了人们的爱情观，有的具有较强的教育作用，有的带有不同程度的反封建色彩，有的甚至还反映了尖锐的阶级矛盾，揭露了剥削阶级的荒淫无耻。其中较为有名的故事有壮族的《百鸟衣》《仙女和孤儿》《蛇郎》《文龙与肖尼》，汉族的《梁山伯与祝英台》《孟姜女》，侗族的《鲤鱼神》《朗都与七妹》《秀银吉妹》，瑶族的《凤求凰》，苗族的《天龙女》《达梅和达罗》《金梅和玉龙》，水族的《龙女故事》，京族的《赶海妹》《拉茄王子与芙蓉公主》《金

● 壮族银饰

仲与阿翘》、仫佬族的《龙女和旺哥》《达莲和苦娃》等。

　　壮族故事《百鸟衣》流传于广西壮族自治区横州市校椅一带，讲述了古卡与依娌坚贞的爱情故事。故事里说，在壮族小伙古卡回家的途中，有只大公鸡跳进了他挑着的箩筐里，古卡就把它带回了家。后来，公鸡变成了他年轻貌美的妻子依娌。依娌被土司看上，活生生被抢进土司府里。后来古卡按依娌的嘱咐，制作了弓箭射杀百鸟，再用这些鸟的羽毛制成神衣。百天之后，古卡穿上神衣，到土司府寻找依娌。依娌在土司府里始终闷闷不乐，只有看到穿着神衣的古卡之后才哈哈大笑。土司以为神衣能让她开

侗族姑娘

心，便脱下官袍与古卡交换。古卡借献衣之机杀死土司，和依娌
骑着骏马驰骋而去。这个爱情故事歌颂了古卡和依娌的聪明才智，
揭露了土司的无耻行径，受到了大众的喜爱，因此在民间流传甚
广。百鸟衣的故事产生年代较早，但思想内涵丰富，浪漫主义色
彩浓厚，蕴藏着深厚的历史文化信息。壮族诗人韦其麟将其改编
为长诗《百鸟衣》之后，这个优美动人的故事为更多人知晓，这
首诗也震动了当时的诗坛。

侗族的《鲤鱼神》讲述了包亮和蓓花之间的爱情故事，故事
以两人变成鲤鱼神相聚为结尾，反映了侗族人民的浪漫主义情怀

和对美好爱情的赞颂。故事中，后生包亮虽然是个孤儿，但他心地善良，从榕江流浪到孟江高基寨帮寨老看牛。有一天，包亮在赶牛回家的路上看到一个小姑娘坐在溪边的岩石上伤心哭泣，一问才知道，这个小姑娘是基东寨吴老土的大女儿蓓花，因为找不到牛不敢回家，怕被后妈打骂。包亮可怜蓓花，就陪她到山上找牛，找到牛后牵回了家。二人从此天天在一起放牛，直到长大。后来蓓花不用放牛了，包亮也在头人家当起了长工，过着孤独的生活。直到一年四月初八，包亮和蓓花在侗族坡会上相聚，彼此倾吐心声，结为情侣，相约明年再来相会。不料，这一年之中，蓓花被后妈强行嫁给寨老的儿子。蓓花在被迎亲队伍接走的路上，跳进了青龙潭，香消玉殒。包亮得知后，伤心欲绝，来到青龙潭边呼唤蓓花。没想到，青龙潭浪花飞舞，蓓花出现了，手里还拿着包亮送给她的竖笛。包亮和蓓花从此一起住在龙王的龙宫里。龙王让他们结为夫妻，封为"鲤鱼神"。从此，人们便常常在江边看到一对美丽的红鲤鱼结伴而行，传说这对红鲤鱼就是蓓花和包亮。

　　流传在融水四荣、安太一带的苗族故事《天龙女》则歌颂了朗丢最美丽的姑娘哔漠不畏强权、至死追求自己自由恋爱权利的精神。哔漠不愿意和天上的朵瑙谷谈恋爱，毅然决然地从天上跳下人间，还被朵瑙谷用刀杀害了。哔漠的衣裙变成了人间的彩虹，她的血变成了长长的红云，永远飘在了人间。世间的人们想念她，只要天边一出现彩虹和红云，人们就会高声欢呼："呀！多美丽的姑娘！多漂亮的天龙女！"

　　除了爱情故事，八桂各民族的生活故事还包括人与猛兽及妖怪等斗争的故事，劳动人民与帝王、官吏、财主、恶霸等斗争的故事，还有各类革命斗争的故事。各族人民在生活故事的熏陶下增长了知识与智慧，增添了生活的勇气和信心，得到了向善、向美的指引和鼓励。这类故事对社会上的种种丑恶行为进行了尖锐的讽刺，态度分明。这类故事亦不胜枚举，比如瑶族的《赛本领》《除蛇洞》，壮族的《道公怕鬼》《翼王做寿》，仫佬族的《格佬潘和他的三个女儿》《犀牛显灵》《三件宝》《四个儿媳妇》，京族的《选统领》《虾公三》《三兄弟》《傻女不傻》，彝族的《包佐杀龙》等。

　　巴马瑶族的《赛本领》讲述了人类与雷公、老虎、大熊、水牛赛本领的故事。有一天，大家聚在山脚下，讨论自己的本领。雷公、老虎、大熊和水牛都瞧不起人类，认为人类只会擦火镰，本事太差。于是，他们就想通过赛本领的方式把人吃掉。没想到，老虎的尖牙、大熊的力气、水牛的尖角和雷公的粗嗓子都没有把人吓倒。轮到人耍本领的时候，他先让雷公他们到屋里休息，趁机关上了屋门。接着，他用火镰点燃火绒抛上屋顶，房子被烧得噼里啪啦响。熊熊的火焰扑向雷公、老虎、大熊、水牛，它们仓皇逃命。老虎跑得最快，它咬断一根柱子，冲出火海直奔上山，但全身已被烧得伤痕累累，至今虎皮上还留着一道道斑纹。大熊跑得较慢，全身被烧得像火炭一样黑，只好躲到深山老林里去。水牛跑得更慢，它用两只尖角左冲右撞，但总冲不出火海，身上的长毛都被烧得光秃秃的。后来水牛跑到后园，见到了一坑脏水，顾不得腥臭就躺了下去，滚来滚去，身上的烧伤才慢慢好起来。

于是从那时候起，水牛就有了滚水塘的习惯。直到现在，水牛一见水塘或水坑，都要躺进去滚个痛快。雷公自恃本领高，直到自己的眉毛都被烧着了才紧张起来，愤愤地扑过去把人的火镰抢走，飞上天了。后来水牛被人抓住，用来耕田犁地。从此以后，雷公、老虎和大熊都对人类怀恨在心，总想吃人害人。唯有水牛，从心里佩服人的本领高，认为人类是万物之灵，所以任劳任怨地听人使唤，替人做工。

京族的《虾公三》讲述了虾公三见义勇为的故事。虾公三贫穷，专靠偷盗过活。在一次偷盗过程中，他发现县官和陈状元的妻子有私情。他看到县官想要杀死陈状元的孩子，便尾随县官，救回孩子。他把孩子养大成人，并在陈状元回乡时揭发了县官和陈状元的妻子，使他们受到了应得的惩罚。这个故事从侧面体现了京族民众"救人于危难"的朴素观念。无论社会地位高还是低，人都要有好心肠，这是故事带给我们的启发。

流传在都安一带的瑶族故事《除蛇洞》讲述了桃花寨的蒙玲姑娘借着财主侯三和胡地来说亲的机会，和情人阿吼、弟弟蒙静一起，把财主们消灭在楞仙洞的故事。财主侯三亲自来说亲的时候，蒙玲让他把情人阿吼"解决"了。侯三便让家丁把阿吼用铁箱装起来，抬到楞仙洞里。当另一个财主胡地带着彩礼和蒙玲的弟弟蒙静路过的时候，蒙静便把阿吼放出来，把关阿吼的铁箱说成是一个能医治眼病的"宝箱"。胡地为了治好自己的眼病，便用自己给蒙玲的彩礼做交换，把自己关进了铁箱里。后来，侯三的家丁把铁箱丢下了楞仙洞，这下，胡地一命呜呼。阿吼带着胡地的彩礼来到侯三家，把侯三吓了一跳。阿吼把楞仙洞说成是一个仙女成群、宝藏遍地的地方，侯三便要阿吼带他前去。阿吼背着皮鼓，侯三背着铜鼓，两个人跳下了楞仙洞。侯三就这样沉到了水底，而阿吼背着皮鼓浮在水面上，漂回了桃花寨，回到了蒙玲家。蒙玲和阿吼结了婚，过上了幸福的生活。因为他们把如毒蛇般恶毒的财主侯三和胡地消灭在了楞仙洞里，所以人们又把这个山洞叫作"除蛇洞"。

壮族《翼王做寿》讲述了太平天国领袖人物的故事，说财主们争相给翼王石达开赠送豪华的寿礼，想借此取悦翼王，希望翼王留他们一条性命。谁知适得其反，翼王只收了劳动人民送的朴素礼品，却严厉斥责了财主们搜刮民财的罪行，使财主们狼狈不堪。这个故事谴责了财主的贪婪和卑劣，赞扬了翼王与老百姓心连心的立场。

仫佬族的《四个儿媳妇》讲述了四个儿媳妇与吝啬财主家公斗争的故事。财主的四个儿媳妇每天到田里干活，财主却不给她们送午饭，到了傍晚才磨磨蹭蹭走来。儿媳妇们作了一首打油诗抱怨财主，却被财主告到县官那里，说她们辱骂家公。县官听了儿媳妇们的陈述，主持公道，下令打了财主四十大板。财主回到家时，儿媳妇们又在作诗。

　　　　大媳妇说：回到家门黄狗叫。

　　　　二媳妇说：他家主人快回到。

　　　　三媳妇说：今天挨打四十板。

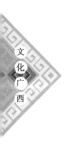
四媳妇说：看你还告是不告？

财主听到儿媳妇们又作诗气他，恨不得叫儿子们马上休了她们，但又想听听她们还说些什么，便轻手轻脚到门背后偷听。

大媳妇说：老头走路脚轻轻。
二媳妇说：轻轻走来门背听。
三媳妇说：下次若还再去告。
四媳妇说：不挨剥皮也抽筋！

结果财主被气得一命呜呼了。有智慧、有才情的四个儿媳妇敢于唱打油诗讽刺财主家公的吝啬，县官能明事理判家公的不是、打家公的板子，这个故事大大批判了旧社会的父权剥削，挫败了父系家庭中男性家长的封建宗法制度的权威。

八桂各族人民想象力丰富，他们通过各种奇异的历险故事来展现人类的勇气和胆量，弘扬诚实、善良、正直、助人为乐的高尚品德，抨击那些自私自利、损人利己的行为。壮族的《一幅壮锦》《狗犁田》《兄弟种豆》《两老同》《两姐妹》、汉族的《长鼻公》、仫佬族的《一个美女》《石磨的故事》、仡佬族的《放牛郎和白鱼姑娘》、瑶族的《雄三打鬼》、彝族的《点金洞》、毛南族的《找幸福》等都是这类故事中的经典之作。

壮族家喻户晓的故事《一幅壮锦》讲述了壮族青年勒惹克服困难，为母亲拿回壮锦的故事。故事中，壮族老阿妈织出一幅美

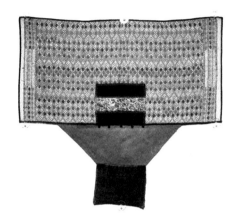

壮族织锦

丽的壮锦，结果被仙女偷偷拿了去。老阿妈伤心得哭瞎了眼睛。她的三个儿子立志要为母亲拿回壮锦。大儿子、二儿子在大山隘口遇到一位老奶奶，老奶奶告诉他们："壮锦被东方太阳山的一群仙女拿走了。她们见你们母亲织的壮锦漂亮，要拿去做样子。到她们那里可不容易哩！先要把你们的牙齿敲落两颗，放进我这大石马的嘴巴里。大石马有了牙齿，才会活动，才会吃身边的杨梅果。等它吃了十颗杨梅果，你们就跨到它的背上，它会驮你们去太阳山。途中，你们还要经过燃烧着熊熊大火的发火山，石马钻进火里，你们得咬紧牙关忍耐，不能喊痛，只要喊一声，你们就会被烧成火炭。越过了发火山，就到了汪洋大海。海里浪很大，会夹着冰块向你们涌过来。你们得咬紧牙关忍耐，不能打冷战，只要打一个冷战，浪头就会把你们埋入海底。渡过汪洋大海，就可以到达太阳山，问仙女要回你们母亲的壮锦了。"大儿子和二儿子害怕得脸发青，拿着老奶奶给的金子跑到城里生活去了。最后，只有小儿子经受住了烈焰、海浪的考验，为老阿妈找回了壮锦。他还和壮锦中的仙女结了婚，过上了幸福的生活。

在横州市汉族人民中流传的《月中丹桂》说，月亮中神奇的丹桂树叶掉进了兄妹俩的稻田中，兄妹俩怎么割也割不完成熟的稻穗。牛特弟知道了这件事，便腾云驾雾来到月亮上，想摘一片丹桂树叶。没想到，丹桂树有万丈高，枝干滑溜溜的，他怎么也上不去。他一气之下，便拿着斧头砍起丹桂树来。可是，他砍了一天，过了一晚上树干就恢复如初了，他连续砍了七天，依然如此。于是他用合箩带上吃的，住在月亮上，想弄清丹桂树是怎样长回去的。但由于太过劳累，他睡在砍过的木口处，结果丹桂树长出来，把牛特弟也粘在树根上了。直到现在，在农历每月十五月亮明朗的夜晚，丹桂树上挂着的合箩以及树底下牛特弟背靠树根睡觉的身影还隐约可辨。至今人们还传唱着一首山歌："月亮真，月亮里头有个人；又讲个人不吃饭，合箩挂在仙丹根。"

都安一带流传的瑶族故事《熊三打鬼》说，熊三每餐吃十二斗米、喝十二坛酒，被两个哥哥嫌弃并试图谋害。熊三离开家，和渔人、捕鸟人、农人以及戽水人一起，去夺大力魔王老印的不义之财。老印回到家后，在家中等候他的五位英雄齐齐上阵。熊三拦腰抱住老印，那四个同伴赶紧过去，渔人用拳头猛击老印的头，使他的双脚下陷；捕鸟人下到地里把老印的脚往下拉，农人用双脚翻起泥浪把老印往土里埋。老印的老婆见了，急忙屙一泡尿，尿水就像洪水一样直向他们奔泻而来，熊三他们有被淹死的危险。戽水人见了，立即用耳朵戽开尿水。他们五人各自发挥了自己的长处，终于埋死了大力魔王老印，又打死了老印的老婆，夺得了大力魔王老印的全部财产，散发给百姓，得到众乡邻的赞扬。

广西各族人民热爱劳动，反对懒惰；主张节俭，反对浪费；崇尚诚实，反对虚伪。他们希望自己的后代成为勤劳正直的人，继承祖先的优良传统，于是编了许多具有教育意义的故事，用生动的语言来教育下一代。这些故事有水族的《贪馋的潘祥》《仙绳》、壮族的《谁会当家》《老子的遗言》《十根筷子》《万事不求人》等。

水族故事《贪馋的潘祥》说，仙人把神奇的仙桃抛入塘里，原先满满的一塘水忽然消失，露出塘底的财宝。贪得无厌的潘祥不听仙人的劝告，下到塘底既要了明珠又想要金银财宝，结果来不及跑，被塘底四处涌出的大水淹死了。壮族故事《谁会当家》说，从前有个老头子老了，就把两个儿子叫到跟前，对他们说："这个家该轮到你们当了。你们每人轮流试当半个月，不许问我要钱，也不准借，看你们谁能让全家人吃饱穿暖。"老大先当家，他把家里唯一的一头牛拿去卖了，用钱来买粮买布。半个月后，老人把大儿子叫到跟前说："你当家的这半个月全家人是吃饱穿暖了，可是你把全家的命根子拿出去卖了，明年用什么耕地呀？"老大无话可说。轮到老二当家了，他给全家人都分了工：老大上山砍柴，用卖柴赚来的钱买油买盐；他和妻子把打过的稻草又打了一遍，打出二三百斤谷子来，全家吃半个月还吃不完呢！老人见了很高兴，决定让老二当这个家。这些故事用夸张、对比的手法，让人们分清是非曲直，形象、生动，很有教育意义。

　　民间故事可以随时随地讲述，为人们劳作解乏、日常解闷，又富有教育意义，因此深受人们喜爱。有的民间故事由于极具历史价值，为多个民族所共同传承，这既是八桂各民族文化交流、交融的结果，也对增强各民族之间的文化认同起到了重要作用，促进了八桂各民族的和谐共处与共同发展。

机智人物故事：幽默睿达的处世哲学

　　机智人物故事也可以叫作"聪明人的故事"，一般以一个脑筋灵活、能够随机应变的正面人物为主人公，叙述风格泼辣，充满喜剧色彩，富有哲理。这些故事往往以系列的形式出现，类似于新疆维吾尔族阿凡提的故事。机智人物在广西各民族故事中普遍存在，他们大多是渔民、牧民、财主家的帮工，他们与贪得无厌的县官、土司、财主斗智都以胜利告终，这正是机智人物与一般劳苦百姓的不同之处。

　　壮族机智人物勒维，有的地方也叫他"公颇""特堆""勒显""卜伙""佬巧""老登""汪头三"等。他戏弄土司和县官的故事在广西的西北、西南地区广泛流传。土司交代长工勒维做两件袍子，分别在朝见皇帝和接见百姓时穿。勒维奉命做了衣服，一件前短后长，另一件前长后短。土司见了大发雷霆，质问勒维为什么两件衣服长短不一。勒维解释道：土司老爷朝见皇帝时，要弯腰屈膝、跪地叩拜，穿前短后长那件正合适；另一件前长后短的，老爷挺胸凸肚、两眼朝天地接见百姓时穿正好。土司听完后哑口无言。每年正月初一，土司都要让管家把贴在家门口的春联读一遍，末了土司老婆说一句"金口玉牙"，以此讨个吉利。有一年土司家贴的春联是"一年四季人丁旺，三冬六夏水长流"。勒维路过看见，用笔在春联上加两笔改"丁"为"不"，加一个尸字头改"水"为"尿"。正月初一早上，管家按惯例高声诵读春联："一年四季人不旺，三冬六夏尿长流。"土司老婆一如既往地说"金口玉牙"，土司气得打掉了老婆的门牙。勒维同县官也有类似的故事。一次游园会，勒维的朋友开玩笑说，如果勒维能打县官一巴掌，就请勒维吃酒。勒维便从花园里抓来一只牛虻，攥在手里朝县官走去。他大手一挥往县官的脖子上一拍，县官大惊失色，破口大骂："勒维，你好大的胆子，竟敢打我！以下犯上可是要吃棍子的！"勒维气定神闲地说："县官老爷，您脖子上有一只牛虻，我把它打死了，您应该感谢我才是。"说完，他张开手，手掌心粘着那只被拍得稀烂的牛虻。县官看了无话可说。

　　侗族机智人物卜宽，有的地方也叫他"补贯""补宽"或"甫宽"。在柳州三江侗族自治县人民口中，他是一个既风趣幽默又聪慧能干的人。有关他的机智故事大都宣扬正直善良，嘲讽贪婪狠毒，大快人心。《卜宽过年》说的是大年三十晚上，财主家大摆酒席，美酒佳肴源源不断地送到酒桌上。长工卜宽和一众仆役吃的却是残羹剩饭。财主吩咐管家准备好猪头、肥鸡等供品同蜡烛、纸钱、香等用具，打算大年初一去神庙奉神。卜宽的妻子听到后，回家告诉了卜宽。初一天刚亮，卜宽就去山洞抓来蝙蝠放在腰间的袋子里，然后拿着锯子，悄悄来到神庙中。卜宽锯断了神像的头，钉上一根钉子，让神像的头能左右转动。当财主和管家站在神像面前祈求神灵庇佑时，卜宽戳了戳袋子里的蝙蝠，同时转了转神像的头。财主听到了蝙蝠叫声，看到了神像转头，以为神灵发怒了，赶忙带着管家仓皇逃出了神庙。这时，卜宽从神像身上下来，高兴地拿着猪头、肥鸡等贡品回到家中，同妻子和其他仆役一起过年去了。《卜宽智取羊群》讲的是卜宽找头人领工钱准备过年，头人不想给，就出难题让卜宽偷羊，偷得了就给钱送羊，偷不了就不给钱。卜宽向邻居借来一头羊，剥下羊皮，采了羊血、羊肠、羊眼，趁着头人和他的老婆睡着时，把羊血倒进头人的脸盆里，羊肠挂在水缸上，羊眼埋进火塘（即火坑，四周垒石中间烧柴）里，羊皮铺在楼梯口。他在吹火筒里装了芦笙舌簧，又拿走了头人床边的火镰、火石和火绒，来到羊圈赶羊。头人被羊叫声惊醒，起身下楼时被羊皮滑倒，滚到楼下爬不起来。头人大叫，喊醒老婆下楼扶他。老婆想点灯，却找不到火镰、火石和火绒。她摸到火塘边，拿起吹火筒吹火点灯，火没吹着，吹火筒却响了。头人大骂老婆这个时候还吹芦笙。这时，火塘里的羊眼珠突然炸开，洒了老婆一脸灰。老婆摸到水缸边想洗脸，蒙眬中以为水缸上的羊肠是大白蛇，吓得退到脸盆边，摸着盆里有水洗了一把脸。好不容易把灯点亮，老婆拿着灯上楼扶起头人，一起到羊圈一看，羊全不见了。两人叹着气回到了睡房，老婆给头人宽衣、治身上的摔伤，头人这才发现老婆脸上全是鲜血。老婆来到脸盆边一看，发现脸盆里面装的全是血水，便埋怨头人给卜宽出难题引来灾祸。第二天，头人只好把工钱结算给了卜宽。卜宽把羊全分给了穷人，头人怕引起众怒也不敢告卜宽偷羊。

侗族人民吹芦笙

　　京族机智人物计叔是京族渔民智慧的象征，他设计让县官减免虾蟹税和捉弄县官的故事家喻户晓。故事里说，有一个知县得知京族三岛有很多虾和螃蟹，就给三岛加了虾蟹税。渔民们十分苦恼，就去找计叔帮忙。计叔交代渔民们，只要知县催交税，就让知县来找他。知县日日向计叔索税，计叔都闭门不见。转眼大半年过去了，有一天知县又派人来催税，计叔向渔民们收来一担子水蟹（一种个大肉少的瘦蟹），把蟹倒在地上，拿起一根竹竿把蟹赶到了县衙。知县见水蟹个大，高兴地问计叔为什么这么长时间才交税。计叔答道，他只花了半年就把蟹赶来算是快的了，说完就把竹竿递给知县。知县拿着竹竿不知怎么赶蟹，一眨眼水蟹全跑了。知县感叹赶蟹实在不易，就免了三岛的蟹税。这天，计叔挑着一担虾蒙（幼虾）来到县衙请知县吃虾。知县很高兴，就让厨师把虾煮熟，和计叔一起吃饭。知县刚想大夹一筷子虾，就被计叔按住。计叔告诉知县，这些虾是用女人的头发钓的，一根头发只能钓一只虾，为了钓虾，他把三岛女人的头发都拔光了。知县听了感慨，原来虾这么难钓，就把虾税也免了。后来新的知县上任，想摆官威，他知道计叔在百姓心中的地位很高，就派差役传唤计叔。计叔见差役嚣张跋扈，便谎称自己是皇帝的老庚（同年同月生的同龄人亲切的称呼），要去参加皇帝的生日宴。差役立马转变态度问计叔什么时候回来，计叔回答得模棱两可，只交代差役说，如果知县想见计叔就得亲自上门。知县听了差役的回复，吓得赶忙带上礼品拜访计叔，计叔收下了礼品，把礼品全分给了村里的乡亲们。

　　仫佬族民间故事里出现的机智人物叫潘曼，在广西罗城仫佬族自治县流传的故事里，他是农村知识分子，斗得了知县，耍得了财主，勇敢、机智、好伸张正义。有个故事说，张知县见路边有一抱儿喂奶的少妇貌美水灵，便色心大起。他瞥见少妇胸前有黑痣，顿时心生恶计。他派人打听少妇的来历，得知少妇姓李，是屠户谢凡民的媳妇。张知县把谢凡民夫妇抓到县衙，诬告谢凡民抢走他的老婆。谢凡民大惊，忙呼冤枉。张知县让谢凡民说出妻子身上有何印记，谢凡民说不出。张知县说他知道李氏胸前有黑痣，现场查验后确实如此，李氏便被张知县抢走。谢凡民求潘曼帮忙夺回妻子。潘曼多方打听后获知，张知县嫌弃生身父亲眼盲，考中功名后就抛弃了他。潘曼找来张知县的父亲，让他上州府状告张知县为子不孝。张知县和父亲当堂对质，还是不认生父。张知县的父亲说知县耳后有一颗痣，被算命的说是反痣。州官命人查实后，下令打了张知县五十大板。张知县自知理亏，只好认下父亲。这时，谢凡民递上状纸，告张知县强抢人妻。州官把张知县的恶行上报朝廷，张知县被罢了官，李氏得以回家。除此之外，关于潘曼的机智故事还很多，比如他用又馊又酸的硬糠饼巧答财主提出的问题，成功拿到工钱和赏钱；又如他用装有黄蜂的黑沙罐破解财主要求买"哎呦"的难题，获得双倍工钱等。

机智人物故事蕴含着中华民族传统的处世哲学，机智人物大智若愚、大巧若拙、大辩若讷，淋漓尽致地展现出八桂人民无穷的智慧和强大的精神力量，是广西各民族是非观和美丑观的直接反映。机智人物故事折射出广西各族人民在特定历史时期的生活百态，揭示了当时社会的矛盾和冲突，用轻松、诙谐的语言，一针见血地揭示事物的本质，寓教于乐，具有很强的现实作用和社会意义。

儿童故事：灵动绚丽的奇妙童话

　　八桂各民族的儿童故事即童话，是为了适应儿童的心理，达到教育儿童的目的而编的故事。童话常常以动物为主人翁，用拟人的手法，把动物描写得栩栩如生，使儿童从它们的语言、行为和品质中得到启发和教育。此外，也有精灵故事和魔法故事，也常见以儿童为主人翁的童话。这些童话线索简洁明了，是非明白易晓，富于幻想，语言亲切生动，很适合儿童理解和欣赏。广西各民族的童话故事内容丰富，数量众多，能满足孩子们的求知欲与好奇心，其中比较常见的童话故事有壮族的《老虎跟猫学本领》《鸟造窝》《燕子和蜗牛》《蜗牛和它的硬壳屋》《姐弟斗人熊婆》、汉族的《自负的公鸡》《水鸡为什么呼唤姑姑》《猫头鹰》《巧姐斗人熊》、京族的《海龙王开大会》、瑶族的《蜻蜓找工作》《鸭子孵蛋》《熊崽斗暮故》、苗族的《了哥鸟与马蜂比赛》、仫佬族的《兔子请猴摘桃子》《侬秀姑娘给婆狲梳头》、侗族的《蚂蚱和猴子打架》《养鹅小姑娘斗鸭变婆》、仡佬族的《放牛郎和白鱼姑娘》等。

　　壮族童话《老虎跟猫学本领》说，老虎原来很笨，它见猫机灵，

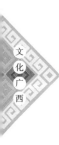

壮族女童

就拜猫为师，跟猫学本领。开始老虎还虚心，张口闭口叫猫师傅，猫也很认真地教它，所以老虎很快便学会了跑、跳、猫腰、扑等本领。老虎以为猫只有这些本领了，它心怀鬼胎地对猫说："老猫，明天我们比本领吧？"猫一听就知道老虎不怀好意，于是说："明天咱们比爬树吧！"第二天比赛，猫"噌"的一下就爬到树上去

侗族女童

壮族儿童嬉戏

了，老虎却怎么也爬不上去。不得已，老虎只好假惺惺地哀求："猫师傅，请您教我爬树吧。"猫说："好吧！我先上，你咬着我的尾巴跟着。爬到上面我叫声'喵'，你跟着叫声'轰'，就学会了。"它们爬到树上，猫叫了一声，老虎刚一张嘴就掉到地上摔死了。这个故事教育孩子们要分清好人和坏人，别被坏人一时的假模假样蒙蔽了双眼。同时，这个故事还告诫孩子们要发自内心地尊敬师长，虚心求教，不要做坏心眼的人。

　　流传在凤山县一带的瑶族童话《蚂蚁上当》说，一只蚂蚁在草地上寻找食物，不一会儿，遇上了一只穿山甲。穿山甲问蚂蚁："小兄弟，你东转西瞧找什么呀？"蚂蚁回答："找吃的。"穿山甲说："小兄弟，你过来，我舌头上的口水比蜜糖还甜，比鹿肉还香，你一定很喜欢吃。"蚂蚁见它的舌头又细又长，湿答答的，心里有些害怕，不敢靠近。穿山甲见它犹豫，又说："嗨，过来嘛，你爬上舌头先尝尝我的口水到底是什么滋味，我又不收钱，你怕什么呢？"蚂蚁见穿山甲这般热情，就爬了上去，一尝，味道的确不错。蚂蚁又招呼了好多同伴前来，大家嘻嘻哈哈地爬上穿山甲的舌头，美滋滋地品尝穿山甲的口水。等蚂蚁们全都爬上舌头之后，穿山甲突然把舌头一缩，蚂蚁们全被吞进肚里，成了穿山甲的佳肴。这个故事既体现了穿山甲吃蚂蚁的自然现象，又赋予它一定的社会意义，告诫孩子们千万不要贪小便宜，切勿因小失大，引人深思。

　　人熊的故事在八桂各民族中广泛流传，包括姐弟俩、小姑等人物智斗人熊的故事。它教育孩子们遇到坏人时要擦亮眼睛，与之斗智斗勇，才能顺利逃脱。如流传在钟山县一带的汉族童话《巧姐斗人熊》说，从前，在一座大山脚的树林里住着一户人家，家里只有妈妈、巧姐和弟弟三人。一天，妈妈有事要去外婆家，交代巧姐不要轻易让外人进到家里来，巧姐连声答应。妈妈的话被人熊偷听到了，天刚黑，人熊便学着妈妈的声音叫巧姐开门。巧姐开门用手往人熊头上一摸，就连忙把它推了出去，说："你不是我的妈妈，我妈妈发髻上有银簪。"后来，人熊还是骗过巧姐，进到了屋里。人熊在屋里不让开灯，还不坐凳子，只坐在锅架上。原来人熊有尾巴，不方便坐板凳，而坐在锅架上时，它可以把尾巴伸到架子下面。后来，人熊趁姐弟俩睡觉的时候把弟弟吃了，巧姐心如刀绞，还得想办法逃跑。她假意要屙屎，从窗户爬出去，攀上门前的枇杷树，手里还拿着一根粗柴棍。人熊看到巧姐在树上不下来，很着急，也想上树，但上不去。巧姐骗人熊说自己是用茶油擦了屁股，把屁股朝上，头朝下，倒着爬上来的。人熊立刻照做。巧姐在上面看得准，等到人熊爬上来，便用那根粗柴棍用力一戳。人熊滚了下去，正好跌进树旁一口古井里。巧姐怕它还会爬上来，就挪来两块石头盖住了井口。中午时分，妈妈回来了，知道人熊已经吃了弟弟，哭得很伤心。巧姐劝妈妈："莫哭了，哭干眼泪也哭不回来，千万不能给那人熊再出来害人。"于是母女俩在井口又加了两块石头。

　　儿童故事以生动、幽默、富有教育意义著称，能够在日常生活中给孩子们以德、智、美的教育，让孩子们从故事中学会做人的道理，并健康、快乐、幸福地成长。

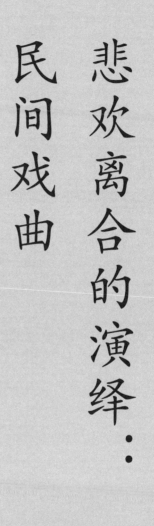

悲欢离合的演绎：
民间戏曲

　　八桂儿女爱生活，懂生活，在劳动生产之余，总有许多娱乐活动。他们以歌自娱，也爱看表演。在广西民间，这类表演以民间说唱和民间戏剧为主。歌迷、戏痴们听表演艺人开口一唱，便把世间不尽的愁、无穷的恼，都抛诸脑后，悠悠地穿越到歌里、戏里的另一方有情天地里了。

民间说唱：茶余饭后的精神享受

民间说唱俗称"曲艺"，它是一种以说和唱的形式来叙述故事的表演艺术，表演时大多一人分饰多角，配以简单的伴奏和道具。广西各地的民间说唱类型，以壮族地区最为丰富。不单壮族，广西还有很多民族也有本民族独特的说唱艺术，比如侗族的嘎锦、苗族的果哈、毛南族的排见、仫佬族的古条等，种类丰富，旋律动人。

壮族民间说唱主要有末伦、唱师、唐皇、卜牙、唱天、蜂鼓说唱等类型。壮族的民间说唱艺术大多与民间信仰密切相关，发端于民间信仰中的跳神仪式，其形式自由，叙述的故事情节曲折，通常以天琴、三弦或蜂鼓等乐器伴奏，运用本地壮语方言演唱。

末伦，又称"莫伦"，主要流行于靖西、德保、那坡、大新、天等、龙州、宁明等广西南部壮族地区。在壮语中，"末"即"巫"，"伦"为"叙述"之意，"末伦"即叙说故事的巫调。在壮族民间信仰中，主持民间祭祀仪式的人，女为"巫"，男为"觋"，在壮族民间分别被称为"巫婆""师公"。巫觋跳神时根据仪式的内容

念唱故事，称颂神灵，后来又在念唱中逐渐加入当地的民间歌谣、故事，使其形式与内容不断发展，功能也由娱神发展为娱人。到了清代，靖西一带开始出现半职业的艺人，他们运用巫调来弹唱个人身世或历史故事，称为"唱末伦"。说唱时，末伦艺人以三弦伴奏，自弹自唱，曲式结构多为周而复始的单乐段，具有回环往复、一唱三叹的抒情效果。

末伦唱词多采用五二句式的七字句和三二句式的五字句，其间可插入三字句和五字句的唱词和说白。唱词句数不限，如下甲末伦《夜夜听鸡啼》的唱词就很简单："妹想哥欢喜，哥没忘记妹，

末伦表演——老汉笑山河

眯眼梦见妹，和妹在一起，天天都在想，夜夜听鸡啼，听鸡啼。"另外，唱词押腰脚韵，多以"哎了嗨""哪呀啦"衬词起句或收尾，如德保末伦《送郎出征》唱述了在抗日战争时期，年轻妻子挥泪送丈夫上战场的故事，结尾唱道："民族危亡在明天，亡国大家受苦难，哎了嗨，夫妻现分散两乡，都是为了咱国家，哎了嗨。"

末伦的代表唱本有《夜夜听鸡啼》《送郎出征》《吴忠的故事》《毛红玉音》《二度梅》《十朋》等。末伦的内容多为传统民间故事，也有对个人悲凉身世的感怀。其中，讲述英雄传奇的有《吴忠的故事》等作品。《吴忠的故事》唱述了20世纪30年代，男主人公吴忠受尽地方恶霸的欺压，逃至靖西后，与自己的弟兄在深山边寨中扎营，四处惩富济贫的故事。以传统民间故事为题材的唱本有《毛红玉音》《二度梅》等。

唱师，是以说唱故事为主，伴之以舞蹈的民间曲艺形式，在桂中、桂西、桂南等的壮族地区都有流传。其音乐艺术形态古朴，最早源于民间师公的跳神仪式。在祭祀仪式上，师公戴着面具，边跳边唱。后来，师公在唱词中添加了具有劝善性质的历史故事或民间传说，在唱腔中加入了壮族民歌曲调"壮欢""巫调"等。这种表演从祭祀仪式当中独立出来以后，发展成为唱师，成为师公戏的前身。

早期唱师的表演形式是以坐唱为主，一位唱师歌手唱完一整个唱本，伴奏只用锣鼓。后来开始分角色表演，不过所有人仍统一服装，统一上场，齐坐于一张条凳上，按角色轮唱，用锣鼓间奏、蜂鼓伴奏。据说过去在桂中一带的壮族地区，只要蜂鼓一响、

锣鼓一敲，老百姓就知道将要有唱师表演了。

唱师唱词主要分为两种类型：师腔唱词和欢腔唱词。师腔指的是唱师原有的师公调类唱腔，又叫"师公调"。地方不同，师公调也不同，如来宾地区有三五师腔、蒙村师腔、良江师腔、寺山师腔等，而贵港地区有石龙师腔、樟木师腔、龙山师腔等。师腔唱词多为七言式，上下句式。欢腔指的是壮族山歌"欢"类唱腔，其唱词多为五言式，四句构成一个完整唱句。

传统的唱师曲目有三种类型：一类为歌颂神灵身世和功德的曲目，如《唱三元》《唱三界》《唱功曹》《唱土地》《唱婆王》，这些曲目主要采用师腔；一类曲目则讲述劝人为善、遵行孝道的民间故事，如《冉子鹿乳奉亲》《舜儿》《董永》《逆子孝孙》《割马草》等；还有一类曲目讲述爱情故事，如《梁山伯与祝英台》《文龙与肖尼》《千里寻夫》等。后两类曲目常用当地的欢腔诵唱，唱词简单朴实，又善用赋、比、兴的修辞手法，因而富于感染力。

唐皇是广西西部壮族民众以本地民歌小调说唱故事的一种曲艺形式，在广西田阳、田东、百色、田林、巴马、平果、东兰、凌云等地流传。其唱词多为七言句，押腰脚韵，为上下句结构单乐段，旋律循环往复，曲调清脆高平、委婉动听。因其最早演唱的内容多为关于唐朝皇室的历史故事，于是学术界将这种曲艺形式称为"唐皇"。

有趣的是，为何在广西壮族地区出现了专门讲述唐朝皇室故事的系列唱本呢？学者认为，唐皇的产生及流传与汉壮文化交流

密切相关。早在唐代，朝廷就已在田东地区设置横山县。南宋时，
开办了西南最大的贸易场——横山博易场。自宋朝狄青南征，再
到明朝平定桂西之乱，大量驻扎下来的中原士兵、官员定居右江
盆地，再加上历史上多次的北民南迁，使得汉壮文化交流日益频
繁。中原文化，特别是借由戏曲、话本等形式传播的唐代历史故
事和神话传说得以在桂西地区广泛流传。大约在明朝时期，桂西
壮族民间艺人将这些唐代历史故事改编为壮族民歌，逐渐形成唐
皇这一说唱形式。唐皇的传统曲目有《唱唐皇》《梁山伯与祝英台》
《文龙与肖尼》《武松打虎》《黄保起义》等。

　　代表曲目《唱唐皇》是在《薛仁贵征东》《薛丁山征西》《薛
刚反唐》《迷楼记》等历史演义小说及民间传说的基础上改编而
成的，讲述了唐睿宗李旦与民女凤娇的爱情故事。故事的主人公
李旦原本是武则天的第四个儿子，但其身份在唱本中被改编为皇
后的儿子，因宫廷斗争被武氏追杀，后来流落民间，在通州胡发
家当仆人。而女主人公凤娇是胡发的侄女，因为父亲早逝，家道
中落，不得不与母亲寄居在叔叔胡发家里。在胡发家，李旦对"白
皙如观音"的凤娇一见倾心，凤娇也惊叹于李旦的"英俊貌如神"。
二人在吉梦的授意下，由凤娇的母亲与姨妈见证，结为了夫妇。
然而，甜蜜的生活才开始不久，夫妻俩就面临抢妻、被打、分离
等一系列磨难。两人历经坎坷，最终李旦登上皇位，与凤娇破
镜重圆。《唱唐皇》情节跌宕起伏，人物个性鲜明，把汉族题材
的故事改编得极具少数民族特色，传达出人们对忠贞爱情的深情
礼赞。

卜牙，又称"甫牙""卜虾"。在壮语中，"卜"指老公公，"牙"指老婆婆，"卜牙"即老夫老妻之意。卜牙用广西北路壮语来演唱，在广西百色、田阳、田林、凌云、乐业一带流行。早期为情歌对唱，后来发展为说、唱结合的叙事类说唱艺术。表演时，一对男女歌手扮成夫妻，以对答的形式演唱。使用的道具为扇子，舞台上摆一张桌子，表演时女歌手以扇子半遮其脸。原因可能是在早期卜牙表演中，通常以男代女，男子需执扇遮面来饰演妻子一角，后来这一表演形式便流传下来了。卜牙的调子是在当地民歌基础上形成的，并发展出田林调、八渡调、龙川调、丽川调、阳圩调、拜年调等唱腔，曲调平稳流畅。唱词多为五言句、七言句，以上下句式为主要结构。每段唱词起头，男女歌手以"卜牙哎""老牙哎""老公哎""大嫂哎"等称呼对方，结尾时同样如此。卜牙的代表曲目有《朱买臣》《春娥教子》《订良缘》《浪子回头》《老当益壮》等，多为颂扬传统美德的民间故事。

唱天，又名"莫天""弹叮""揖叮"，是一种用天琴伴奏，或自弹自唱，或一人弹一人唱的民间说唱艺术，流行于龙州、凭祥、宁明、防城等地的壮族聚居区。唱天源于民间祭祀仪式，清嘉庆八年（1803年）黄誉在其纂修的《龙州纪略》中说："龙州遇有疾病者，延鬼婆至家，永夜弹唱，亲族妇女饮啖为散福。鬼婆大约青年者多，手拿三弦，脚抖铁炼（链），银铛之声，云以锁鬼。其宣扬诅祝，哪哪之音。"《龙津县志》中也有记载："县中有一种女巫专为病人治病……口出蛮音莺弄巧，足摇铃子手挥弦。"这些记载说明，唱天原本是民间的祈福驱邪仪式。在民间传说中，这种仪式多是由女巫被神灵附体之后进行，所唱的歌乃是通灵之歌，带有强烈的神秘色彩。不知从何时开始，人们除了在仪式场合，还会在岁时节日、乔迁新居，甚至是在农闲时唱天以助兴、娱乐。演唱者也由原来的"巫婆"（当地称"天婆"），转变为寻常男女。演唱的形式大多为一边手持天琴弹唱，一边脚抖铁链或铜铃伴奏。

唱天的传统曲目有《侬端侬亚的故事》《解难》《想母十年》《花母神》《唱牛》《唱春蚕》《牢记清》等，内容多与神话传说、社会生活相关。如《侬端侬亚的故事》唱的就是关于唱天由来的神话故事。相传在远古时期，壮族村寨有一对年轻的情侣，男的叫侬端，女的叫侬亚。他们长得光彩照人，又能歌善舞、多才多艺。最神奇的是，他们的歌声与琴声能解人之百忧，因此他们深受到壮族百姓的喜爱。后来，侬端化为金龙，侬亚化为金凤，成仙升天。当地人拜侬端和侬亚为歌、舞、乐的"先师"，称他们唱的歌为"天歌"，跳的舞为"天舞"，弹的琴为"天琴"，将之世代相传。

2003 年南宁国际民歌艺术节上，来自龙州的 13 位壮族女歌手身着黑衣，表演了壮族民歌《唱天谣》，使大琴以及唱天艺术重新为世人所关注。

嘎锦，又称"嘎琵琶"或"琵琶歌"，在广西三江侗族自治县、龙胜各族自治县以及贵州省、湖南省的侗族聚居地区流传。它以唱为主，说唱结合，由演唱者手持琵琶，自弹自唱。唱词是固定的，说白部分则由演唱者即兴创作。嘎锦的演唱有一定的流程，

🔘 壮族天琴表演

在弹唱正文之前，要先来一段押韵的说白，接着唱一些讲述民族神话或历史的开堂歌作为暖场，然后才唱正歌，最后要唱消散歌，表示演唱结束。开堂歌部分由全歌队齐唱，进入正歌后，由两位歌手主唱，歌队则在每段结尾处和以尾腔。

嘎锦的传统曲目主要有三类：一类讲述神话传说，如《开天辟地》《姜良张妹》等；一类讲述历史传说，如《勉王起兵》《抗石官刘官歌》《咸丰五年天下乱》等；还有一类则讲述爱情故事，如《娘梅歌》《秀银吉妹》《善郎与娥妹》《梁山伯与祝英台》《凤娇与李旦》等。这些唱本的篇幅较长，内容丰富，有时嘎锦艺人唱上几天几夜都唱不完，而听众也不离不弃，被优美的旋律、扣人心弦的情节所吸引，听得如痴如醉。

铃鼓由瑶族布努支系的"苏别"发展而来。"苏别"是布努瑶喜庆宴席上的说唱活动。过去，在喜庆宴席上，为了活跃气氛，主人会邀请四对歌手入席对唱。酒宴开始后，歌手们互相敬酒，先说赞词，再以歌称颂主家和在座的客人。接着，四对歌手各自以说唱形式演绎关于瑶族始祖神密洛陀的创世神话，或评说乡间时事与轶闻传说。此时，主客已酒至半酣，歌手们对唱渐入佳境，转而以歌相互戏谑、挖苦对方，内容夸张而滑稽，众人为之捧腹。通常席间还有人按节奏敲打铜鼓，帮腔助威。这种说唱形式在20世纪70年代被都安瑶族自治县文艺队用来演唱一些现代曲目，如《智取威虎山》。随着说唱内容和形式的改变，"苏别"有了新的名称——铃鼓。铃鼓的传统曲目有《密洛陀》《祖宗歌》《族谱歌》，现代曲目有《智斩栾平》《钟声阵阵》《罗子哥过年》《妻子演唱队》等。

民间戏剧：千姿百态的人生舞台

　　民间戏剧主要反映农民的日常生活，情节简单，多为单场独幕。广西民间戏剧历史悠久，类型多样，有壮剧、侗剧、师公戏、牛娘戏、鹩戏、采茶戏、木偶戏等，深受广西人民的喜爱。看戏是广西百姓传统的娱乐方式之一，每逢岁时节庆、婚丧嫁娶，各家各户或各个村社都要请戏班演上几天。

　　壮剧是流行于广西、云南文山等地的壮族民间戏曲剧种，至今已有几百年的历史。它是在壮族民间说唱、舞蹈杂耍、民间歌谣等民族文艺的基础上，吸取了汉族戏曲的艺术养分而发展形成的，具有原生性、民族性、地方性、歌舞性、兼容性等艺术特征，有较高的艺术价值。2006 年 5 月 20 日，由广西壮族自治区申报的壮剧入选第一批国家级非物质文化遗产名录。

　　壮剧主要包括南路壮剧和北路壮剧。南路壮剧是对流行于使用壮语南部方言的靖西、德保、那坡、天等、大新一带的壮族戏剧的统称。北路壮剧是对流行于使用壮语北部方言的田林、西林、隆林、百色市右江区、凌云、乐业等地的壮族戏剧的统称，包括田林壮剧、隆林壮剧等。它们的唱词、唱腔、曲调、角色、剧目

侗族戏台

凌云壮剧

等均有各自的地域特点。在唱词方面，南北两路壮剧都有腰脚韵，但南路壮剧多为三言句、五言句、七言句，有一部分取用汉族民歌格式，平板、叹调、喜调别具一格，押韵极严；北路壮剧则多用五字上下形式，个别地方用"勒脚欢"。在唱腔上，两者虽然都有慢板、中板、快板、散板四类，但板式的来源、结构、表现形式各不相同，受各自的土语和民歌影响较深。曲牌方面，南路壮剧有过场调、八音调、拜堂调、贺寿调、仙班调、孔雀调及挑担调等，大多类似小调，并各有一定的内容；北路壮剧有过场调、梳妆调、化妆调、宰杀调、出游调等。乐器方面，弦乐以马骨胡、土胡及葫芦胡最具民族特色，打击乐器当中的铜鼓也别具一格。

德保壮剧是在"呀嗨戏"的基础上形成的。靖西市与德保县一带流行的木偶戏别具特色，又因使用"呀哈嗨"为衬腔而被称为"呀嗨戏"。它主要使用壮语进行演出，有时也壮汉双语兼用。其音乐从"末伦调"演变而来，有平调、叹调、采花、喜调、高腔等唱腔，用锣、钹、鼓、二胡、月琴、笛子、木叶哨等伴奏，有浓郁的地方民歌歌调风格。戏中文生、旦角俱全，一般角色着当地民族服装，文生穿白穿花但无龙凤图案，武将戴盔披甲。正面人物服装华丽，反面人物穿旧衣裳、戴皮帽，配以不同的脸谱，忠奸分明，男女老少亦各有特征。靖德木偶戏有许多保留节目，内容多取自《水浒传》《三国演义》《西游记》《封神演义》《包公案》等小说，受欢迎程度高。在"呀嗨戏"的基础上，德保人民将戏剧角色由木偶改为人扮演，形成了德保壮剧。这种新剧采用木偶戏唱腔，既有叹调、喜调、诗调等唱腔，又从山歌、土戏、

田林壮剧

木偶戏

邕剧等方面吸收了一些调式，加工成新腔。新老唱腔都具有高亢奔放的风格。德保壮剧有《王贵与李香香》《赤叶河》《白蛇传》《梁山伯与祝英台》《秦香莲》《宝葫芦》《红铜鼓》《百鸟衣》等剧目，其中，《宝葫芦》曾获 1955 年全国业余文艺汇演节目奖。

　　北路壮剧中的田林壮剧最具代表性，是在当地长篇说唱叙事诗的基础上结合民间歌舞发展而来的。它流传在百色市田林县、凌云县、乐业县、右江区等地，至今已有两百多年的历史。田林壮剧从唱调到说白，全用当地壮语。其唱腔曲调异常丰富，有正调、哀调、爱情调、老汉调、梳妆调、过场调、骂板、怒板、叹慢板等，用鼓、钹、锣、马骨胡、葫芦胡、笛子、唢呐、扬琴、三弦伴奏，有浓郁的地方民歌风味。角色有小生、小旦、武生、老生、丑角等，着白布加彩画的戏服，化装朴素，有淳朴的民间风格。小生、小旦、武将出场各有一定的台步和动作，其他角色出场无固定程式。小旦出场要整衣领、舞扇子，动作优雅，做唱结合紧密。小生持扇，动作斯文潇洒。武将出场有开山、整带等动作，两臂张扬，跨大步，仪态庄严。各种角色转弯时，均需脚跟提起，走直角，以展示洒脱、舒展的姿态。各种角色根据剧情，一人走"之"字，二人走"8"字，三人走"三步花"，其动作受民间的春牛舞、双刀舞、单刀舞、花棍舞等影响较深。传统剧目有《卜牙》《文龙与肖尼》《今古奇观》《杨家将》等一百多种。

　　师公戏，由唱师演化而来，又叫"木脸戏""唱仙人"等，原是一种穿插在由师公主持的祭祀活动中，师公戴上面具边唱边跳进行的仪式。有学者认为，辛亥革命之后，各地破除迷信，师公的营生大受影响。一些师公为了谋生，便仿照戏班子，给人表演祭祀仪式里带有故事情节的舞蹈。从此，师公戏便从祭祀仪式中独立出来了。或许祭祀仪式本身就带有表演色彩：过去作为仪式，它创造的是关于神灵的幻境；而搬上舞台后，它则借助音乐与故事，将人带入超脱现实的迷梦。

　　与唱师一样，广西很多地区都有师公戏，广西的师公戏有壮族师公戏、汉族师公戏、毛南族师公戏以及仫佬族师公戏等。师公戏广泛流行于武鸣、河池、来宾、贵港等地，是在师公调和师

师公戏

公舞的基础上演化而来的民间小戏。唐宋时期，师公调和师公舞已经比较完整，并逐步向师公戏方向发展。有人认为真正的师公戏是清同治年间（1862—1874年）在贵县（今贵港市）鹤山村首先形成的，此后传播到各地，形成流布广泛的剧种。

地区不同，师公戏所用的语言和唱腔也不同，不过演出的内容是基本相同的。师公戏演出规模较小，无须专门的场地，院子里、榕树下、厅堂内均可。演出的服装和道具也很简单，表演者大多穿法衣、道袍演出。如南宁扬美的师公戏艺人多穿纯红色和黑色的演出服，使用的道具多为扇子、手巾、斧头等，有时根据剧情，使用刀、枪之类的道具。在化妆方面，过去师公戏表演时以木制面具代替化妆，表演者保留有远古时期跳祭祀舞蹈时佩戴的面具，只可惜由于各种历史原因，许多面具已遭损毁。现在很多地方的师公戏班已不再使用面具，有的甚至模仿其他剧种画简单的脸谱，称作"粉面师"。伴奏乐器原来只有蜂鼓、高边锣、小锣和钹，桂南各地后来还吸收了粤剧、邕剧的锣鼓或民间八音。

进入21世纪以后，很多地方的师公戏重新与多种民俗活动结合在一起，演出讲究一定的程式和礼仪。比如南宁地区的平话师公戏在表演前需设坛、开坛，即在表演前悬挂三真君画像，在选定的吉时擂鼓、奏乐，由主坛师公顶礼膜拜，口中念诵《开坛科》，恭请三真君，此即为开坛，开坛之后便可正式演出。正剧的剧目由民俗活动的性质来定，比如，若表演是为了庆贺"神诞"，那么正剧的剧目依次为《庙祝赞》《鲁班赞》，同时完成一系列架桥"请神"仪式。

还年例傩面

环江毛南族肥套

架桥"请神"仪式结束后，上演的是《打草送饭》。《打草送饭》是南宁平话师公戏中最受欢迎的剧目之一，讲述打草夫的妻子给在山岭上割草的打草夫送饭迟了，夫妻俩互不体谅，斗嘴甚至扭打起来，最后在老贤伯的劝说下重归于好的故事。这出戏剧情节简单，但极富生活气息。如在讲打草夫的生活时，采用铺陈的手法，层层递进地表现打草夫的辛劳：

> 打草之人真辛苦，割草夫，三幅罗裙遮屁股。
> 膊头不离五节竹，割草夫，担竿头边挂葫芦。
> 头戴一顶烂帽子，割草夫，人人叫我补锅锅。
> …………
> 今日日头真正大，割草夫，晒得皮斑背脊枯。

打草夫的自述中带着自嘲，诙谐幽默，让人在同情之余，又忍俊不禁。打草夫工作很辛苦，负责家务活的妻子也很劳累。在夫妻斗嘴的过程中，妻子诉苦道：

> 火烧根竹条条报，等我条条报你知。
> 正想出门阿乖哭，右边揍来左边趋。
> …………
> 第四鸡啼我早起，煮粥捞饭喂乖儿。
> 放鸡出笼我喂米，一边梳头边喂猪。
> …………

屋里工夫麻更密，哪有闲心去赶圩。

出门听见牛帮响，开栏送出我牛儿。

寥寥几句话，把一位农妇忙里忙外的画面淋漓尽致地表现了出来。戏剧的最后，重归于好的夫妻俩同唱赞词，共喂"神马"，给"神马"添加了粮草，传达出家和万事兴的主题，戏剧情节与仪式活动完美地融为一体。

喂完"神马"之后，进行"驱鬼逐疫"仪式，唱《送瘟船》，再表演祈求风调雨顺的《大酬雷》。之后表演的剧目《大花王》《仙姬送子》《大送鸡米》则与广西地区的花婆信仰有着密切的联系。在花婆信仰中，认为人由花转世，白花代表男性，红花代表女性，而花婆即掌管花朵、护佑生命的女神。师公戏以戏赞花婆、拜花婆，传达出老百姓渴望家族兴旺、子孙延绵的朴素愿望。

正剧演完之后，师公要重新设坛，恭请"地方神"率"神兵神将"保卫一方太平，最后念诵《送神科》，请"神"返回"天宫"，整个表演就圆满结束了。

采茶戏是一种歌舞性很强的民间戏剧，起源于江西民间的茶灯表演。所谓的"茶灯"，就是手持花灯表演茶歌。后来，民间艺人把采茶劳动生活当中的一些小事，从一月到十二月，按月编成简单的故事，以茶灯的曲调来演唱，这种民间歌舞逐渐发展为赣南采茶戏。采茶戏主要在盛产茶叶的南方地区流传，不同的流传区域形成了不同的流派，主要有赣南采茶戏、桂南采茶戏、粤北采茶戏、闽南采茶戏等流派。采茶戏于清朝中叶从赣南传入北流、容县、博白、陆川等地，与当地的民间歌舞"唱竹马"相融合，逐步演变成极具特色的桂南采茶戏。20世纪50年代中期至20世纪60年代初，桂南采茶戏已由地方戏剧发展为舞台戏剧。

采茶戏的演唱以客家话为主，地佬话为辅，表演方式以载歌载舞为主，念白多为韵白。表演人数从1男2女组合发展到十余人。表演者身着对襟彩衣，腰系彩带，男子手拿钱鞭，女子手持花扇。这两种道具虽简单，但用途很广，如钱鞭放于肩上便是扁担，上下抡动则做锄头，花扇则依情境可当作竹篮、雨伞或盛茶器具来使用。伴奏乐器有唢呐、锣、鼓、钹、木鱼、二胡、笛子等。演唱的内容以"十二月采茶"为主，演出有一定的顺序：一是开台茶，二是开荒、点茶，三是探茶，四是采茶，五是炒茶，六是卖茶。传统剧目有《张三过年》《剃头二借妻》《一枝花》等，内容多为表现茶民种茶、制茶等劳动过程的喜剧，表现出茶民对茶叶大丰收的喜悦之情。

广西文场，简称"文场"，又名"文玩子"。所谓"文场"，指的是没有锣鼓伴奏的表演，有锣鼓伴奏的则称"武场"。文场源于江浙一带，流行于桂北官话地区，在桂林、柳州、宜州等地最为盛行。过去，文场演唱者多为盲艺人，演唱形式一般为"坐地传情"，即不着戏服地坐着清唱。后来发展为数人"坐唱"，或是以唱为主、一人站着唱的"立唱"，以及边唱边舞的"走唱"等多种演唱形式。文场唱词以七字句、十字句为主，如诗文般工整典雅，同时又明白晓畅，因此能够做到雅俗共赏。在音乐方面，

广西文场

其唱腔细腻抒情，主要采用两种曲调：大调和小调。大调有丝弦、南词、滩簧和越调，称为"四大调"；小调有打扫街、扬州红、一枚针等50多个曲牌。伴奏乐器以扬琴为主，配以二胡、小三弦、琵琶等。

文场传统唱本主要有三类：一类为成套的唱本，又被称为"大书"，有《琵琶记》《西厢记》《红楼梦》《白蛇传》等作品；一类为单出唱本，有《双下山》《王婆骂鸡》《东方朔上寿》等作品；还有一类为片段故事，有《武二探兄》《醉打山门》《贵妃醉酒》等近百个段子。文场的代表剧目有《武二探兄》《崔氏逼休》《陈姑追舟》《打花鼓》等。

《武二探兄》出自《水浒传》，讲述阳谷县衙都头武松回乡探望兄长武大郎，恰逢武大郎外出卖烧饼不在家，嫂嫂潘金莲见武松英俊勇武，便借端茶、敬酒之机挑逗武松，不料正直刚毅的武松不为所动，引得潘金莲恼羞成怒，将其逐出门外。本剧使用的曲调甚多，有"九腔十八调"之说，采用小调曲牌连缀的形式表演：〔扬州满江红〕—〔叠落金钱〕—〔叠断桥〕—〔银纽丝〕—〔剪剪花〕—〔倒扳桨〕—〔安庆调〕—〔虞美人〕—〔琵琶玉〕—〔指菜苔〕—〔马头调〕—〔骂玉郎〕—〔绣荷包〕—〔弋板〕—〔浙江满江红〕—〔扬州满江红〕。曲牌随剧情的发展、人物的喜怒而变化，把潘金莲的媚与恼、武松的刚与直表现得淋漓尽致。

《陈姑追舟》属于正本《玉簪记》中的一折，故事背景为南宋时期，书生潘必正应试落第，耻于还乡，便借住于姑母主持的尼姑庵，遇见了年轻女尼陈妙常。两人以琴声为媒，互生爱慕，终成欢好。姑母察觉后，严厉催促潘必正早应会试，潘必正不得不黯然离庵，登舟赶赴临安。此剧着力表现的场景是陈妙常闻讯赶至秋江边，潘必正早已登舟启航，正在陈妙常不知所措之时，一叶小舟缓缓而来，船上的老艄公虽有心相助，却又故意打趣、刁难。最终陈妙常乘小舟追上了潘必正，二人以碧玉簪、鸳鸯扇坠互赠，依依惜别。全剧高潮迭起，风波不断，同时又节奏明快，富有喜剧色彩。

改革开放以来，桂林曲艺家锐意求新，创作了一些反映现实生活的剧目，如《榕湖春暖》《五娘上京》《漓水情深》《春兰吟》等作品，其中《春兰吟》荣获第七届文华奖。展望未来，诸如广西文场、师公戏等民间戏剧仍将在大舞台上续写新时代之音。

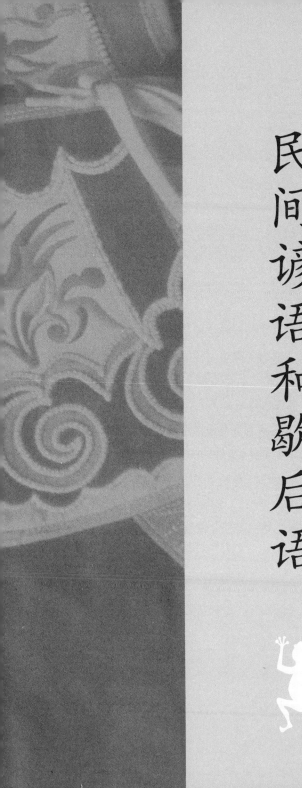

二

简洁凝练的智慧感悟：
民间谚语和歇后语

　　广西的好山好水，造就了八桂儿女憨厚朴实的性格。干活的时候踏实、卖力，不摆花架子；当众人一起"摆古"、谈天说地的时候，性格当中热烈奔放的那一面才显露出来。有的人话匣子一打开，就成了滔滔不绝的演讲大师；有的人说一句是一句，话虽少但有分量、有智慧。他们不需要"掉书袋"，也不用引经据典，只消一句谚语，半句歇后语，便能锦上添花，或是一语中的，或是逗得人捧腹大笑，显露出高超的语言驾驭能力。

　　谚语、歇后语都属于民间熟语。学术界将民间熟语分为常用型和特用型，我们这里所说的民间熟语指的是常用型熟语，是被老百姓普遍使用的日常生活习用语。广西民间流传着大量的熟语，其内容丰富，蕴藏着许多生产生活经验和人生道理。这些熟语往往巧妙地运用比喻、拟人、夸张等修辞手法，具有形象生动、简洁明了、朗朗上口的特点。民间熟语一般存在于特定的语境中，比如老百姓在日常闲聊时，总喜欢引用一两句谚语或歇后语来说明某种道理，增强说服力。

谚语：生活智慧的结晶

　　谚语是由民众集体创作并广为流传的民间熟语，在形式上，其句式简洁凝练、定型化；在功能上，它具有一定的教育作用。与俗语不同，谚语是一个有完整的结构和思想的句子，而俗语只是短语，句法不完整，不能表达独立的思想内容。在广西，民间谚语主要有三大类，即时政谚语、生活谚语和生产谚语。

　　第一类是时政谚语。大多数时政谚语表达的是老百姓对国家时事、政务或某种社会现象的看法，反映出强烈的爱憎情感，带有明显的倾向性。时政谚语具有浓厚的时代气息，不同的时代，时政谚语的内容有不同特点。

　　新中国成立以前，时政谚语多为讽刺型，内容是揭露旧社会的黑暗和官场的腐朽，表现出民众的批判意识和斗争精神。比如金秀瑶族民间流传的这几则时政谚语："地主算盘响，穷人眼泪淌"；"人穷穷到底，人富富上天"；"富人不知柴米贵，当官难知百姓穷"；"富家一席酒，穷汉半年粮，财主顿顿香，农民泪汪汪"。这些谚语采用对比手法，揭示了民众对旧社会贫富差距巨大的无奈。这一时期的时政谚语，有许多倡导清廉、颂扬廉政的内容，如"官清民自安"，"官清国富，国富民安"，"国正人心顺，官清民意安"，"秉公执法无私偏，百姓共仰包青天"，这些谚语传达了老百姓对清官廉政的美好期望。有的时政谚语则形象地揭露了贪官鱼肉百姓的无耻嘴脸，如"上梁不正下梁歪，贪官坐镇民受灾"，"老鼠看仓，看个精光。狐狸看鸡，越看越稀"。有的时政谚语则愤怒地发出反抗的声音，如"农民不饱，皇帝得跑"，"皇帝好，吃得饱，皇帝坏，民必反"。在民族危亡时期，有的时政谚语则表达了对国家的忠诚："宁死马蹄下，不做亡国奴。宁做百姓牛，不做番鬼狗。愿做讨饭佬，不当亡国奴。"

新中国成立以后，八桂儿女的政治和经济地位得到了根本的提升，生活水平的提高、生活环境的改善，使老百姓对党的领导及改革开放以来的各种优良政策发出了由衷的赞美，因而新时期的广西时政谚语大多属于褒扬型谚语。如"官向官，民向民，共产党向穷人"，"村看村，户看户，党员看干部，干部看支部"，"山不变，水不变，政策好，天地变"，"政策致富，科学治贫"，这些谚语充分表达了广西各族人民对党和国家的信任与感恩。

第二类是生活谚语。此类谚语是民众对日常生活经验的总结，内容丰富，涉及衣食住行、交朋结友、为人处世、医疗保健等各个生活领域。

关乎人的行为规范、价值观念、品行修养等方面的生活谚语非常多。在言行方面，浦北地区的谚语教导人不要搬弄是非，说话要谨慎："山高水凉，话多是非长"；"心贪害己，恶语伤人"；"你敬人一尺，人敬你一丈"。隆林地区的谚语也教导人说话要讲道

◎ 那坡县彝族妇女刺绣

理，否则多说无益："煮饭要有米，说话要在理"；"多做多吃无人提，多说多讲被人赶"；"吃多嘴歪，话多嘴也歪"。钟山地区的谚语说："人勤地生宝，人懒地长草；人勤树成林，人懒晒死人。"这句谚语教导人要勤劳，才能够有所收获。隆林彝族谚语说："手中有苞谷子，才能算得男子汉。"这句谚语同样教导年轻人只有勤劳，只有自食其力，才能算是长大成人。在品德方面，隆林壮族谚语说："声誉比金子还可贵"；"树活靠根，人诚靠心"；"缺乏美德的人，就像没有芳香的花"。这些谚语都教导人要诚实，有德行，讲信誉。"老大不尊，带坏子孙"，"学好难于上青天，学坏易在眼眉前"，这些谚语则告诫人们要时刻保有向善之心，才能养成良好的秉性。"有钱去赌博，宁可丢下河"，"酒醉心明白，贪杯误事多"，这类谚语劝导世人只有远离赌博、酗酒等恶习，才能获得幸福的生活。

广西各地还有许多鞭策世人不断学习的谚语，如隆林地区的谚语："泉水挑不干，知识学不完"；"刀钝石上磨，人笨要多学"；"蚂蚁爬树不怕高，有心学习不怕老"；"文盲十年走广，不如秀才一晚看书"；"富不读书身不贵，贫有学问免求人"。这些谚语阐明了学习的重要性，鼓励世人只要有顽强的毅力，就一定会学有所成。

很多谚语总结了人际交往方面的社会经验。有的谚语从正面教导人们要多结交朋友，众人团结起来可以排除万难，如武宣地区的谚语："一星不亮，群星亮堂"；"一人锄地一条线，众人锄地连成片"；"一人计短，众人计长"；"万众一心，大海能填平"；"砖多砌成墙，木多架成房"；"人多力量强，蚁多抬螳螂"。有的谚语则从反面告诫世人结交朋友时应懂得识人，如隆林地区的苗族谚语："太熟的野李一半是虫蛆，太响的笑声一半是假意"；"人好在里不在外，树好在心不在皮"。桂林地区谚语："听话要听音，交友要交心"；"泥泞识马，患难识人"。这些谚语教导世人在选择朋友时要擦亮眼睛，知人知面更要知其心。

有的谚语反映的是生活常识。柳州地区的谚语说："山珍海味，无盐没味"；"牙齿好，经得老"；"牙不剔不空，耳不挖不聋"；"出门带把刀，进屋有柴烧"；"饭后百步走，强过喝药酒"；"饭后喝口汤，强过开药方"；"饭菜莫嫌粗，吃得肥噜噜"；"嘴越吃越馋，人越睡越懒"；"食求饱肚，衣求暖身"；"药方无贵贱，有效是灵丹"。这些谚语都是简单的大白话，从衣、食、住、行等方面总结了健康养生的方法。

第三类是生产谚语。在传统社会，农业、渔业等生产经验的传承主要靠口传心授，而这些重要的人类生产经验的载体大多是篇幅短小的谚语。谚语形象、生动、易懂、易记，老百姓三言两语就能完成千百年来各类生产经验与智慧的传递。在广西，这类谚语主要有农业谚语、林业谚语和渔业谚语。

广西是世界上最早进入农耕生活的地区之一。在长期的农业生产实践中，广西人民积累了丰富的经验，由此创作出反映农业生产活动客观规律的谚语，其内容几乎涉及农业生产的各个方面。

在传统的农业社会中，农事活动在很大程度上依赖于自然条件，与天气的关系尤为密切。最初，古人还没有掌握计时方法，只能"观象授时"，依靠对天象、物象和气象的观察来指导生产。后来，人们将长期观察自然界获得的知识和经验，以谚语的形式口口相传，从而把对气象、物候规律的认识一代一代传承下去。

有的谚语侧重对天象的观察，如隆林地区的谚语："云往东，一场空；云往南，水上船。云往西，雨凄凄；云往北，石头烧得裂"；"风吹东，一场空；风吹西，披蓑衣"。这些谚语讲述了人们通过天象的变化来预测天气，其准确度与现代天气预报不相上下，直到今天还具有一定的实用价值。

有的谚语侧重对物象的观察，如玉林地区的谚语："灶灰湿成块，定有大雨来"；"母猪拖禾草，寒潮就要到"；"鱼起头，旱

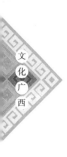

⊙ 仫佬族传统马耕

不忧"；"青蛙叫深垌，无雨也有风"；"狗泡水，天将雨"；"蚂蚁搬走，烧掉戽斗"；"蚊子发癫，大雨满天"；"蜜蜂箱前运，有雨不用问"；"鹅叫风，鸭叫雨"；"鹞鹰哭女，飞风伏雨"；"蟑螂飞满屋，大雨淋出粥"。人们在对自然的长期观察中，发现某种物象的变化往往预示着气象的变化，如灶灰潮湿、蜜蜂爬行预示着天将下雨。民众将这些观察的结果以类似口诀的形式记录下来，以预测天气，在实际生活中有着重要的指导作用。

　　有的谚语侧重反映气象对农作物收成的影响，如武宣地区谚语：

　　立春晴，好收成；立春雨，沤百日；立春雷鸣百日晴。

　　雷鸣惊蛰前，高山能种田。

　　谷雨不雨，水贵过米；谷雨不雨，河干蚁吃鱼；谷雨下大雨，建仓库装米。

　　春社不雨不封塘，秋社不雨不盖仓。

　　清明无雨，缺油缺米。

　　清明无雨天大旱。

　　清明吹南风，当年五谷丰。

　　惊蛰雷鸣，晒谷心定。

　　立秋天晴不用忧，二苗谷穗长又匀。

　　立秋无雨稳吃饭，立冬无雨一冬干。

　　农业生产的时令性强，这些谚语把节气的天气状况与农作物生长之间的关系讲得明明白白，让忙碌的农人能够根据情况调整自己的农事生产。

　　有的谚语反映和总结了农业生产各个环节的技术和规律，如柳州地区的谚语：

　　牛有千斤力，不能天天逼。

　　三分种，七分管。

　　三犁三耙，还得早插。

　　千犁万耙，不如早插。

　　山岭光秃秃，好田也减谷。

　　山头种树，水边种竹。

　　山边养鸡，水边养鸭。

　　种姜养羊，本小利长。

　　山村养母牛，年年一牛多一头。

　　水田长稗草，敢把禾挤倒。

　　门前没有粪堆，楼上没有谷堆。

　　这些谚语或是讲田间管理的经验，或是讲养殖家畜的技巧。这些道理浅显易懂，并在生产实践中被反复验证，因此直到现在还为农人所用。

　　除了农业谚语，广西各地还流传着林业、渔业方面的谚语。金秀瑶族自治县风光秀丽，森林资源极其丰富，该地区的老百姓爱林、护林。金秀谚语有言："若要地增产，山山撑绿伞"；"到处绿葱葱，旱涝影无踪"。这是说明森林的作用和重要性。

　◦ 丰收

"荒山栽成林，强似聚宝盆"，"家有千棵树，不愁吃和住"，这是强调森林与致富的关系。"一年把树栽，十年出好材"，"人老怕病倒，树老怕虫咬"，"老竹不砍，新竹难生"，这是总结植树方面的经验。

滨海之城钦州被誉为"北部湾明珠"，海洋渔业发达，由此产生了别具特色的渔业谚语。有的谚语是渔业生产的经验之谈，如"没有大的网，捉不了大的鱼"，"要想食鱼，大家补网"，"水清无大鱼"。有的谚语总结了不同季节应当捕捞不同的时令海鲜，如"十月黄鱼头戴金，八月黄鱼一包针"，"三月黄瓜，四月瘦蟹"。有的谚语则生动地反映了不同海鲜的特点，如"鱼虾蟹鲎，未死先臭"，"鱼熟鱼眼突，虾熟虾腰勾，蟹熟蟹壳红"。

总而言之，谚语是民众对劳动生产与日常生活经验的全方位总结，内容广涉社会生活的各个领域。经过数千年的累积，经过民众反复锤炼加工之后，谚语已成为发挥着传授知识、交流经验、指导生产等实用功能的语言艺术精品。

歇后语：道破日常的真谛

　　歇后语，又被称为"俏皮话"，是我国民间广为流行的一种特殊的语言形式。歇后语通常由两部分组成，前半部分是假托语，起"引子"作用；后半部分作为"后衬"，是目的语，具有解释和说明的作用。在使用的时候，人们可以只说前半部分，"歇"去后半部分，对方同样能够领会其意，所以叫作"歇后语"。歇后语以其独有的诙谐、幽默的风格，成为广西老百姓在日常交流中喜闻乐见的表达方式。

　　广西各地的歇后语可以分为两种类型，即喻义性歇后语和谐音性歇后语。

　　喻义性歇后语前后两个语节之间有内在的意义联系，人们根据前语节的比喻部分就能推理出后半部分的目的语，如河池地区的歇后语"沙鳅掀竹排——痴心妄想"，沙鳅是一种拇指大小的小鱼，如何能将竹排掀起呢？所以结论自然是"痴心妄想"。由此可见，正是歇后语的比喻部分，使歇后语具备了生动形象、诙谐幽默的艺术风格。

　　从比喻部分的内容来看，喻义性歇后语往往利用一般事理和经验来打比方。如蒙山地区的老百姓如果遇上了糟心事却不知道该如何解决，就会形容自己的心情像"十五只吊桶戽水——七上八下"；倘若一件事情没有回旋的余地，则会被形容为"三尺巷抬木——调不转头"。这些都是以日常的劳动经验来打比方。

　　有的喻义性歇后语则以事物的性状、声音等特点来打比方。广西地区以农业经济为主，歇后语中也出现了许多农作物或农业生活用品，具有浓郁的乡土气息。"桂林马蹄——怎（还）有渣"，这是反问句式的歇后语，以桂林产的马蹄脆甜无渣，来比喻某种事物肯定没有剩余。"二月芥菜——有心"，芥菜是蒙山地区常见的蔬菜，农历二月便开始抽芽开花，长出菜心，以此比喻在待人接物时细心周到。"瓢背舀水——无用"，这则歇后语中出现的"瓢"，是广西隆林地区专门用来舀水的工具，形似勺子，用"瓢背舀水"来比喻白费功夫，非常形象、生动。另外，像"豆腐落火灰——吹不得拍不得""甘蔗吃一节剥一节——没有长远打算"这类用广西地区的常见食物来打比方的歇后语，令人听了之后立刻就能心领神会。

　　还有的喻义性歇后语则以历史典故、传说来打比方。广西各地的歇后语融入了本地特有的历史典故、传说，具有强烈的地方色彩，以至于外地人很难理解其意。如蒙山有则歇后语"蒙山秀才——轮到我"，外地人听了都弄不清楚"蒙山秀才"和"轮到我"之间有什么联系。传说清朝时期，永安州有一位书生，参加童试屡次不中。有一次，那位书生终于榜上有名，他高兴地大喊："永安秀才轮到我啦！"民国初年，永安州改称蒙山县，这则歇后

布努瑶喜迎丰收

语随之改为"蒙山秀才——轮到我",通常以此喻功夫不负有心人。

在喻义性歇后语的基础上运用谐音双关的手法形成的歇后语,即为谐音性歇后语。广西各地流传的谐音性歇后语不多,在蒙山地区,这类歇后语往往都与地名有关,如"棍打牛皮——古(鼓)响","岭顶起屋——程(成)村"等。另外,由于谐音性歇后语谐的是地方方言的音,因此通常只有熟知当地方言的人才能领会其中的奥妙。如蒙山地区的歇后语"粪箕捞茜——不(捞着)必(鳖)","粪箕"是用来拾粪的簸箕,"茜"是当地的一种水草,因为粪箕口阔,如果用粪箕捞茜,可能还会捞到水里的沙鳖,当地方言"捞着"与"不"谐音,"鳖"与"必"同音,由此可以双关取义为:不必做某件事。

在广西民间语言的海洋中,不但有谚语、歇后语,还有谜语、俗语等各种趣味盎然的语言形式。它们是广西人民智慧的火花,既形象生动,又寓意深刻,包含着民众对社会生活的认识与理解,历经千锤百炼,最终成为广西民间文学中大放异彩的粒粒珍宝。

后 记

◆

　　《广西民间文学》一书即将付梓出版，内心有一些感慨。广西各民族在漫长的历史进程中创造了丰富多样的口头艺术作品，形成了独特的文学传统。这种传统超越时间和空间、历史和地域，渗透在我们的日常生活中。或许有人觉得，它不过是乡村野老的自娱自乐、贩夫走卒的道听途说，但民间文学俗是俗矣，其中亦大有乾坤，从中可窥见人世的风景、万物的姿态，值得我们细细去玩味、去探究。而这本小书，可算是对广西民间文学一次不成熟的探索。

　　近年来，对广西民间文学的研究工作已获得丰厚的成果，但全面、系统地描述广西民间文学的学术著作并不多。这本小书试图勾勒出广西民间文学的概貌，体例主要参照民间文学的分类标准来编写。但由于篇幅有限，只能着重介绍与各民族传统文化关系比较密切的民间文学样式与作品。在编写的过程中，我们严格选材，参阅了大量的资料，如《壮族麽经布洛陀经诗影印译注》《中国民间故事集成》《密洛陀》《壮族文学概要》《瑶族文学史》《侗族文学史》《京族文学史》《仫佬族文学史》以及《广西民间文学作品精选》等图书和广西各地编印的民间文学资料，还有一

些我们搜集到的原始材料。本书除对各类民间文学作品的内容和形式进行介绍外，还力图揭示民间文学不仅是一种文艺现象，还是一种民俗文化现象，它与现实生活紧密联系在一起。很多民间文学作品是老百姓出于对生活的某种需求，或是出于某种现实的用途才创作出来的。我希望通过本书的介绍论述，让读者进一步了解广西民间文学的价值与功能，了解其中蕴含的民族文化传统。但由于我们的学识、资料及精力有限，本书还存在许多不足之处，请广大读者批评指正。

我和李斯颖都是土生土长的广西人，研究领域也都在民间文学，多年前曾一起做过田野调查。犹记当年结伴下乡，探访民间歌手，田阳、平果的各个乡镇都留下了我俩的足迹。如今，我们依然扎根八桂，在民间文学这片辽阔的海洋里遨游。在本书的章节分工上，神话、传说章节由李斯颖主笔，其他章节由李斯颖和我共同完成。

我有幸得到廖明君老师的推荐，方能与这本书结缘，特此感谢。在写作本书的过程中，我们得到了来自各界的大力支持。衷心感谢梁庭望先生对本书从选题、章节设置到具体内容的悉心指导。本书照片多数是我和李斯颖田野调查所拍摄的，少数由李桐、王梦祥、鲍翰、林安宁、陆晓芹等同志提供，感谢他们的帮助，让本书增色不少。

李　慧

2021 年 6 月